Hong-giân-kua
方言歌
2070

呂美親
台語有聲詩集

全冊有聲放送

目錄

序一｜吳易叡
寫詩作為文藝復興工程的推測設計
——讀《方言歌 2070》……………………………007

序二｜申惠豐
母語詩歌的靈韵
——讀《方言歌 2070》……………………………013

自序｜呂美親
佇未來惜別，為著再會
——我的台語有聲詩集《方言歌 2070》……………018

卷一 方言歌 2070

Bâi-óo-lín 無譜——寫予簡吉………………………026

透風，百合——獻予敬愛的張炎憲教授……………030

一桿同志無秤仔——聽見懶雲……………………032

引揚天——記高雄港的一个下晡……………………037

樹空——《記憶と生きる》(いあん)觀後……………041

田野，倒轉來………………………………………045

囡仔問我關係 Siā-huē Tsìng-gī 的問題
——記台灣人歡喜日本通過安保法案………………047

方言歌 2070 …………………………………………051

下半身 ………………………………………………055

和緯路四段速寫 ……………………………………057

「我爸爸也會講你們這種話」………………………060

翠青的長尾山娘
——寫予 2024 年台語詩選的修課學生⋯⋯⋯⋯⋯063

卷二 囡仔，想欲予恁愛

囡仔，想欲予恁愛（01）：地圖⋯⋯⋯⋯⋯066

囡仔，想欲予恁愛（02）：時間⋯⋯⋯⋯⋯068

囡仔，想欲予恁愛（03）：日花⋯⋯⋯⋯⋯070

囡仔，想欲予恁愛（04）：鼓仔燈⋯⋯⋯⋯⋯072

囡仔，想欲予恁愛（05）：有時星光⋯⋯⋯⋯⋯075

囡仔，想欲予恁愛（06）：日誌紙⋯⋯⋯⋯⋯078

囡仔，想欲予恁愛（07）：金針花⋯⋯⋯⋯⋯081

囡仔，想欲予恁愛（08）：戀慕⋯⋯⋯⋯⋯083

囡仔，想欲予恁愛（09）：行踐花⋯⋯⋯⋯⋯086

囡仔，想欲予恁愛（10）：睏前禱詞十三逝⋯⋯⋯⋯⋯089

囡仔，想欲予恁愛（11）：原有⋯⋯⋯⋯⋯091

囡仔，想欲予恁愛（12）：弟弟日時寄草⋯⋯⋯⋯⋯093

囡仔，想欲予恁愛（13）：投⋯⋯⋯⋯⋯096

囡仔，想欲予恁愛（14）：水搝仔⋯⋯⋯⋯⋯099

囡仔，想欲予恁愛（15）：度針⋯⋯⋯⋯⋯101

囡仔，想欲予恁愛（16）：有時媽媽⋯⋯⋯⋯⋯104

囡仔，想欲予恁愛（17）：北極星⋯⋯⋯⋯⋯107

囡仔,想欲予恁愛(18):月光 ……………………… 109

囡仔,想欲予恁愛(19):大港寮的紅霞 ………… 112

囡仔,想欲予恁愛(20):做生日 ………………… 114

卷三 徙

祝婚詩 ……………………………………………… 118

大理街速寫 ………………………………………… 120

廣州街速寫 ………………………………………… 123

病床想起 …………………………………………… 126

親像一欉猶咧大的樹仔 …………………………… 129

湧陵的詩 …………………………………………… 131

徙 …………………………………………………… 135

心湧,三首 ………………………………………… 137

台南車頭彼蕊烏水烙的花 ………………………… 140

卷四 戲花

向望 ………………………………………………… 144

陷眠內的唱曲 ……………………………………… 146

心悶 ………………………………………………… 150

阿四 ………………………………………………… 153

歸家(1) …………………………………………… 155

歸家（2）……………………………………………157

戲花………………………………………………159

卷五 我搪著你，佇1980

流民的遺書…………………………………………162

風中的遺書…………………………………………164

予1947的戀人………………………………………167

我搪著你，佇1980…………………………………170

錯認的集體無意識
——寫予捌停時的戰爭期……………………176

時代的大樹
——寫佇二二八事件60週年…………………180

砂漠，話劇——讀王育德……………………………182

薰煙——記念林冠華…………………………………186

彼工，你無聲無說就無去……………………………190

卷六 木瓜

木瓜…………………………………………………194

絕命詩………………………………………………199

附錄｜創作佮發表時間一覽…………………………201

序一 | 寫詩作為文藝復興工程的推測設計
讀《方言歌 2070》

吳易叡
成功大學全校不分系暨醫學系人社科合聘副教授

　　大概是七或八年前，還在香港任職時參加一個文學相關的研討會。主講的香港詩人洛楓打算用「國語」朗誦一首詩。她理直氣壯地強調：國語並不是普通話，這是兩種不同的語言。涉入當地語言環境未深的我，第一次感受到香港文人對「國語」如此計較的震撼。對同時必須捍衛粵語的作家而言，這是他們表達對普通話語境的抵抗。而坐在台下的我對「國語」二字卻也是抵抗的，那是因為我來自台灣。

　　忘了何時喪失台語的表達能力。國小到國中不斷參加「字音字形」國語文競賽的模範生，有一次聽到家人好久以前錄下我跟孿生兄弟的對話，驚訝發現自己的台語曾經那麼流利。其實作為六年級後段班學生，在學校「講一句

家己的話,早就毋免閣罰一箍(〈方言歌 2070〉)」,但種種外部環境,以及對應在心中不斷形塑的價值觀,讓自己順勢加入「國語」使用者的菁英行列,逐漸失去自如操演母語的能耐。

直到自己在求學過程中不斷北漂,後來還南下星港,不斷在歷史研究之中尋找台灣的位置。夜深人靜時,才偶爾能體會到「鄉音」的魔力。熟悉的學術競技場,用的多是華語和英語。直到三年前,知道自己即將離開動盪的香港回台灣任教的那一刻,把電子琴變賣給同事之前,掀開琴蓋唱起了鄭兒玉牧師、蕭泰然譜下的〈遊子回鄉〉,淚如雨下。一個不再熟練的語言,竟好像避風港那樣,托住一葉飄搖的扁舟。

但說這幾年都沒有接觸台語,有點太誇大了。不寫論文的時候,我嘗試寫歌,只不過數量很少。將近二十年前,即將離台之際跟陳南宏、呂長運和美親製作了《河—賴和音樂專輯》。從那時起,就斷斷續續地跟美親合作寫歌。十年前幫美親第一本詩集寫序的時候就提到過,讀到美親的台語詩,旋律經常不自主地浮現。好像對我而言,台語本來就是音樂。特殊的七聲調和轉音規律,有一種難以名狀的美感,要用特定的旋律才能夠完全貼合。

跟美親合作寫歌的方式很特殊。我把她的詩當成粗胚,譜上旋律之後再丟回去修改,久而久之形成一種默契。有

時候我也嘗試用彆腳的台語能力寫詞，經過美親畫龍點睛般的修飾，歌很快就能出爐。這當然要歸功於美親腦袋裡車載斗量的詞庫，還有平時用台語生活、思考，才得以獲致的洗練和精準度。

　　十幾年過去了，美親也終於在台師大台文系扛起專任教職。回來台灣的這兩年偶爾和美親討論，也才發現她有個強大的企圖心，那就是把「歌」納入台灣近現代文學的文類中研究。《台南文學史》中由美親執筆的台語文學篇裡，寫入了謝銘祐、周定邦和朱約信的作品。這其實不也呼應了 Bob Dylan 得到諾貝爾文學獎，Patti Smith 在典禮上唱出讚歌的實踐？美親做這件事比瑞典學院晚了七、八年，在台灣文學界卻依然是打頭陣的先鋒者。

　　「方言歌」裡的詩，對我而言，每一首都是擲地有聲的歌。和《落雨彼日》一樣，《方言歌2070》收了好幾首書寫台灣人容顏和歷史事件的作品。不同的是，美親從具名人物的肖像，像是簡吉、賴和、張炎憲，擴寫到歷史事件中沒有名字，也不侷限在台灣的眾人。台語對於美親而言不再單純是種「鄉音」，而是地球上眾多語言中的其中一支。名為「方言」，美親強調的是所有人類在口頭上能夠言說、歌唱，甚或能夠透過某種方式化為文字，讓人們互相理解的聲音。

　　分為六大章的詩集裡，除了潤、澤兩兄弟出生之後的

闔家親情、家園記憶之外,美親也寫嚴肅的社會問題、轉型正義,寫曾經發生過的,以及在夢魘裡的戰爭,也寫西方思潮和台語碰撞出的哲學探問。最讓同為長期客居者的我共鳴的,是集結遷移過程筆下心境,獨立成章的「徙」,這是美親不同於其他台語實踐者最實驗性的嘗試。跨城鄉、跨國度的遷移才是當代人真正的寫照。語言不僅會隨著時間變化,在空間的跨度中如何蛻化?如何釘根?又如何跟其他語言的擁有者溝通、相互詰辯?

台語並非作為「另一種」語言,而是作為一種獨特的語言的特性,在只能以台語書寫的詩中才能讀出興味。比如只有用台語的發音和其他詞彙排列組合,才能得出多重意義的〈投〉;又比如美親擅長拿含有「花」的表達,開展許多雙關性的〈日花〉、〈行跤花〉、〈戲花〉。每一朵花都綻放著台灣族群、生物、文化多樣性的芬芳。

只有領略台語的獨特性,才知道美親為什麼會強調「Siā-huē Tsìng-gī」、「ㄕㄜˋㄏㄨㄟˋㄓㄥˋㄧˋ」並非是「社會正義」。這和文章開頭提到的洛楓為什麼強調「國語」並非普通話,有種異曲同工之妙。只有領略台語的無可替代,才會為「放尿(〈和緯路四段速寫〉)」被當成髒話感到委屈,也才會憂心不知何時的將來,台語成為告別式場上「我爸爸也會講」的「你們那種話」(〈「我爸爸也會講你們這種話」〉)。

《方言歌2070》的架構，是一種大膽的推測設計（speculative design）。面臨愈益複雜的分眾社會，政策制定者、建築師，甚至日用品設計師會透過扎實的田野觀察、實證研究和哲學思辨，想像出某個未來的時間點的人類生活是什麼樣子，藉此得知我們想不想要這樣的未來世界，從而能夠反思我們當下所信奉的價值觀。美親在詩中描繪出一道駭人的遠景：當「Tsia̍h-pá-buē」成為外星人對遠古地球的叩問，地球上的年輕人卻早已不知道那是什麼意思。

　　幸而我們還活在一個語境中，還擁有優勢能夠計較「星光」和「月光」裡的星佮月，必須讀原調，否則意義就大相逕庭（〈有時星光〉）。在近年來才想要急起追趕的新加坡，早就沒有這樣的條件。像這樣在許多註解中，美親告訴我們哪個字應該怎麼讀，什麼表達應該怎樣翻譯，透露了她編排這本詩集的用心之處，每一道細節都是重大文藝復興工程的基礎建設。想像著科學家開始研發「無差別廢物處理機」（〈方言歌2070〉）的美親，哪天開始處理到人工智慧的問題，我也不會意外。而她現在所錙銖必較的小地方，都是這個已然在進行式中的工程，人類訊息處理的關鍵環節。

　　為了我們還能夠互相寒暄，美親奮力寫詩。在寫下這篇序的兩個月前，美親邀我到她的班上用台語介紹自己的

歷史研究。能夠全場再度用生硬的母語講課，大概是這兩年來最意想不到的嘗試，美親的台語實踐給我偌大的激勵。我要謝謝她，也要邀請大家讀她的詩。慢慢讀，讓「Tsiȧh-pá-buē」變成你我的日常。

序二　母語詩歌的靈韻
讀《方言歌 2070》

申惠豐
靜宜大學台灣文學系副教授兼系主任

　　老實說，我是邊查辭典邊唸讀完美親的詩。在「教育部臺灣台語常用詞辭典」的助攻下，一字一句，複製貼上，用我那尚稱堪用但又顯離離落落的台語，唸完了整本《方言歌 2070》。這個歷程十分特殊，某個程度上，古樸的台語音韻讓我有種日常的親切，但閱讀的過程卻有一種現代主義美學的疏離，而這種多維度的審美不一致，又讓我有一種後現代的虛無感。

　　但請別誤會，這一切都與美親詩作的表現無關，而是作為一位讀者，在這些詩作面前的自我映照。

　　我不曉得這是否意味著一種審美能力的缺失，抑或者，這就是作為一位台語詩非典型讀者必然會經歷的閱讀糾結。像少小離家的旅者，歸鄉後直面自己曾經成長的地方，

既熟悉又陌生，既動人又遺憾，既驚喜又悵然。但我發現，無論如何，最終我們還是會連結起那些以為的錯失，在熟悉的母音中，好好的安置下來。

六卷方言歌，是美親十多年來積攢的心緒，一句句的唸讀，無論主題、思考、關懷、情思，都還是我熟悉的美親風格。只不過，隨著年歲的增長，沉澱的歷練讓這部詩集中的每句詩，都更加的感性與精緻，情感內斂但有張力，溫柔但仍溢滿著批判與自省。在我看來，這是極為成熟的美學表現，張弛之間，將讀者拖入某個時間與空間中的感覺結構。

從第一首〈Bâi-óo-lín 無譜——寫予簡吉〉，就讓我感到無比的震撼，不是那種氣勢磅礡的感動，而是那種深沉哀傷且無能為力的巨大傷感，詩句沒有高張的戲劇性，那彷若是日常閒談的淡描輕言，卻將一個時代的無言，喊得震耳欲聾，那種深沉，在輕聲細語中，重重的壓住讀者的情緒。一個 bâi-óo-lín（小提琴）的意象，將簡吉的堅持、犧牲和悲壯的一生，將他的意念、處境和心情，如此細膩的呈現。

這只是詩集的開場，也一如我所認識的美親，她對台灣歷史的理解與感受，向來無比深刻。彷若未消的前世記憶，她將母語化為咒語，打開時光的蟲洞，召喚台灣歷史的星座——衰敗、傾頹、暗色、微光但卻充滿希望與熱愛

的島嶼敘事。

　　我發現，用台語寫詩、唸詩，很容易就營造一種歷史感，那或許就是音韻內潛藏的記憶，每個聲調，都帶著各自的時間感，組合起來，便能編就一段歷史的跫音，就算看不見，也能聽見。總之，那種真切的存在感，在你將每首詩作唸出後，彷彿就能倒轉時間，窺見某個歷史的片段，立體真切的實境。當然，這些詩句有儘管情感豐富，但也是凌厲的溫柔，整體批判性是重的，思考是深沉的，充滿了寄託與借喻，以及對現世的警醒。

　　所以，美親詩句中的台灣史事，風格表現仍會讓讀者感到些許壓抑，或許這些需要被不斷複誦的台灣記憶，本質就充滿了壓抑。不知怎麼著，讀著這些詩，總有一種自我反省——我們是不是忘了什麼？記憶不能放捨，那是地圖，導航著我們走向更好的台灣。誠如美親寫給孩子的詩句：

　　性命，就是走揣
　　走揣，會當對地圖開始
　　走揣過去，也 thang 看著未來
　　檢采恁紲來欲愈飛愈遠
　　請會記越頭看咧
　　遮，定著有恁的跤跡

找尋,從過去到未來,無論如何,都要記得回頭看,歷史就是足跡。

詩是美親寫給孩子的寄語,因為「想欲予恁愛」。拋開這些嚴肅的大敘述,美親的整本詩集,最底層的核心,也許就是一個「愛」字——對台灣土地、歷史、以及她兩個囡仔最深刻的愛語。說到此,那麼就可以理解,美親詩句中深刻的溫柔,究竟從何而生。

母親,是美親的另一個身分。詩集中收錄了 20 首寫給孩子的詩,也是整本詩集中最純粹、最柔軟的存在。簡單的日常生活,寄託著母親對孩子的諸多念想,有教誨、有祝福、有牽掛與期盼。這些詩句,也絕不只是母親對孩子的呢喃絮語,母親的言說,總是充滿繁複的音節以及多義的微言,是呼喚、是思念、是撫慰,是任人充滿眷戀的平和與寧靜。母親的愛如何給予、如何書寫,我覺得美親的詩,給出了答案。

讀美親的詩,我總會感受到一種「有感但無法言說」的部分,似乎不只說出的這些,感受到的也不只有這些——不是主題、不是意象、不是技巧——而是這些之外的其他。我很難找到一個合適的語詞陳述這些詩作發散的靈光。這些詩作,像被調整了透明度,有形無形,透著光,總有一些捉摸不著的事物,在裡頭游動著,一陣一陣,像

日花、像漣漪,那裡一片,這裡一片,輕悄悄的,時有變動,但在你來不及抓住,轉眼無蹤,於是,你會繼續讀下去⋯⋯
像菸癮,一根一根的抽著,尋找那種微妙的感覺。

| 自序 | **佇未來惜別，為著再會**
我的台語有聲詩集《方言歌 2070》 |
|---|---|

呂美親

  2014 年，猶佇日本讀博士班的熱人，得著濟濟師長鼓勵，尤其是作家林央敏先生佮前衛出版社林文欽社長的支持，就共家己對 2000 年以後發表的台語詩作整理做《落雨彼日》來出版。第二本詩集《方言歌 2070》，無想著愛等到 10 冬後的 2024 年。

  佇博士班的研究是台灣的世界語 (Esperanto) 運動。「台灣話」受著濟濟語文運動影響才致到今仔日的面貌，世界語佇過程中也扮演重要的角色，煞是上無予人注目著的線索。開真濟時間共這塊缺角補起來，了才閣共視野捒轉來台語文學。晢一大輾了後，對語言、文學佮詩，檢采也有較無仝的想法 ah。總是，也有無改換的，可比講，成做一個研究者，咱常在閣是「實感 (sit-kám)」著這層的：

這百冬來濟濟台灣前輩佇長期的拍拚佮忍受窘逐 (khún-tiok) 的中間，猶閣堅心向前，才予咱有現時的寫作空間佮氣力。

提著學位、轉來台灣了後，兩个囡仔接紲出世，咱也好運入來到大學成做教育工作者。新人佇研究佮教學上著投入真大的氣力，毋才頭殼內彼寡蟯蟯伸的創作蟲豸著共揀去壁邊，揀久，個也強欲消無去 ah。準講拄著仔猶會罔寫，毋過想欲共詩心搜轉來，有影是兩个囡仔予咱的力草。工課的關係，逐禮拜南北往復，陪伴囡仔的時間較少淡薄，總是定定感覺是囡仔咧看顧咱的性命。猶閣囡仔出世到今，咱佇厝內攏佮個講台語（也捌予別的囡仔問咱是咧講佗一國的話，有影予人擘腹），就希望也會當共這份詩心的禮物送予個，成做個後日仔若有一寡文藝抑是美學的表現彼時的淡薄滋養。咱嘛有小可的野望，若準這份禮物會當分張予閣較濟人，也是安慰的代誌。

講起來，10 冬前的詩集，過頭沉重。遮濟冬過去，真希望家己對台語詩的書寫有無仝款的挑戰佮呈現，上無，較「輕」咧，輕輕仔婿，輕輕仔有歡喜。總是，彼寡「沉」佮「重」，若像掰袂齊 (tsiâu) 離，結局猶是用〈方言歌 2070〉的詩題做冊名。檢采逐家隨有這款疑問：台語哪會是「方言」？按怎是 2070？

1970 年代，佇台灣作家猶罕得有母語意識的時，猶是

大學生的詩人向陽開始發表一系列的台語詩,彼陣予人叫做「方言詩」。向陽佇 1985 年出版戰後頭一本全台語的詩集《土地的歌》,總是副標著加註「方言詩集」。準講台灣話予人降級,準講用台語寫作著愛忍受孤單閣受人譬相,有人開始共母語詩的火種點著 (toh) 的時,彼葩火穎,定著有一日會成做紅豔的日頭。

台灣社會的現代化進程到今一百外冬,毋過慢分的母語佮伊的文藝,若像這幾冬才看著小可紅豔的日頭佇天頂微微仔笑。1970 年代的方言詩寫作,到 2070 年也大概一百年,離現此時欲倚 50 冬後的 2070 年,會變做按怎?定定咧想,會變做按怎?毋知。毋知。毋才想欲抱惜別的心情,按未來看倒轉來,向望咱佮母語有閣較美好的再會。

《方言歌 2070》,攏總分做六卷,也 thang 講是這 10 冬來,和家己的惜別佮再會。

卷一:「方言歌 2070」。接紲《落雨彼日》對歷史、語言、記持的關心,所思慮的時空迥過百冬,嘛迥過國界。較希望的是用詩提供一寡直向的歷史視野佮橫向的國際角度,來佮當代的台灣社會、關係國內外的問題,講寡心內話。

卷二:「囡仔,想欲予恁愛」。台語的「予恁愛」,有「給予你們愛」、「被你們愛」的兩款意思。真濟爸母想欲予囡仔愛,煞毋知影按怎予個,致使囡仔時常因為「愛」咧

受傷，也就無法度伨心內去「愛爸母」，大漢了的「盡孝道」，煞變做沉重的束縛。淡薄仔說教的系列詩，也是家己學做人老母的記錄，向望未來感受著的是囡仔予咱的真實的愛。

　　卷三：「徙」。成長過程中，確實不時咧徙動。蹛過真濟所在，對所徛的環境有時無真了解，對一寡場景煞是真熟似，希望用詩簡單替客途的暫歇留寡記持。內面也有家己的成長、憤怒、疼惜佮著磨。講起來也無啥物值得三言兩語（sann-giân nn̄g-gí，批評責備），佳哉伨總算得著敨放了會智覺講，著向日頭彼片遷徙。

　　卷四：「戡花」。收錄幾首台語歌詞作品，共舊時佮現代的聲扶倚，希望佮現代的當代智識青年有較濟共鳴、共感、共勉的詩歌。其中的〈向望〉、〈心悶〉有編做歌，逐家 QRcode 共 "khiú" 落，就會當聽。若是〈歸家〉、〈阿四〉、〈戡花〉幾首歌詞有收伨「鬥鬧熱走唱隊」賴和音樂專輯 II《自由花》，仝款是 2024 年發行，就無閣附朗讀檔，邀請讀者去揣歌來聽喔！

　　卷五：「我揹著你，伨1980」。學生時代寫袂少華語詩，特別是以愛情長詩來表現對社會人文的關懷。也希望長詩的表現會當閣較運用伨台語詩，所以這個翻譯工課嘛是予家己的挑戰；語詞、文法以外，華語詩的「韻」，咱也有盡力用台語會得表現的「韻」來好好仔重共作品翻新。

卷六:「木瓜」。編高中台語教科書的時,捌翻譯江文瑜老師替慰安婦寫作的華語詩〈木瓜〉。這首長詩真斟酌語言的圖像性佮實驗性,尤其用濟濟諧音來表現暗意。〈絕命詩〉是白色恐怖受難者佇臨終前所寫的日文短歌,文體古典,詩意深遠。囥這兩首難度不止懸的譯詩,也thang 準做是記念家己遮濟冬來的學習。

慣勢整理,就共寫作的時間表囥佇附錄,有趣味的朋友請罔參考。10 冬過去,台灣社會確實閣較行進前一大步ah。咱的社會對母語有較正面的看待,總是,閣少年一輩的囡仔,檢采需要咱予個較濟聲音的見本。為著按呢,幾首歌詞掠外,咱共所有的詩作錄音起來,真感謝我敬佩的劇場演員 MCJJ 盧志杰先生、我的牽手陳威志先生、我的囡仔厚潤(8 歲半長男)、厚澤(6 歲半次男)做伙獻聲,相信逐家佇個的聲湧內面會得著大大的滿足。我家己嘛有僭權食寡聲,請逐家無棄嫌罔聽。咱是誠心欲用詩的聲音,邀請逐家做伙繼續走揣家己的「言靈」(giân-lîng)。

這本詩集的出版,感謝國藝會的助成,感謝所有評審委員的牽成。《方言歌 2070》通講是對向陽老師《土地的歌》的基礎繼續向前,佇遮欲藉機會共向陽老師,也是這屆國藝會的董事長林淇瀁先生致敬佮致謝。也再次感謝前衛林文欽社長的支持、主編鄭清鴻先生濟濟無私的幫贊。感謝佇《落雨彼日》就替咱寫推薦序的老朋友:成功大學

全校不分系、醫學系人社科吳易叡副教授（嘛是咱「鬥鬧熱走唱隊」團長）、靜宜大學台灣文學系申惠豐副教授兼系主任，個遮爾無閒總是全款遐爾疼惜，閣再賜序予《方言歌2070》。感謝「鑠行音樂」佇錄音佮混音過程中的盡力佮包涵。感謝諸位前輩、朋友佇文字、歌曲的授權。感謝阮「鬥鬧熱走唱隊」的成員予咱濟濟溫暖。感謝所有共咱幫助、鼓勵的序大佮朋友，感謝厝內人，一直攏遮爾燒烙。

慢分的母語佮伊的文藝，佇2070年，會變做按怎？確實無人知影。我家己檢采干焦會當用這本《方言歌2070》去盡望，親像是徛佇未來惜別，為著佮咱的台語、咱的文藝，好好仔再相會。

2024.01.31
台南，大港寮仔

卷一

方言歌 2070

Hong-giân-kua 2070

Bâi-óo-lín[1] 無譜
寫予簡吉

彼條菅芒花開甲規片的石砧路
Tsín 新厝起甲強欲上天
玻璃反射日頭光,轎車從來趨去
沙,無閣 phōng-phōng 块。
簡--è,你的鐵馬早就生銑
綴打馬膠溶有佇地面。
你用青春一針一針,紩入塗跤的網
Tann 也破甲空空,賰夢。

總是簡--è,我若像猶有聽見
你的 bâi-óo-lín,聊聊仔咧挨
挨出近代的曲頭,為欲
應接彼个,米糖相剋的時代

彼陣，bâi-óo-lín猶無譜。
註該成做一个農民運動者，簡--è，
你出世佇520事件日的80外冬前
為著成人，向望農家子弟出頭
你認真稽古²新的智識
總算徛起佇鳳山公學校的教室。
毋過做田囡仔煞一个一个跳課
講佴也無愛戇輸人
只是穡頭無做就無一工。

彼陣，bâi-óo-lín攏無譜。
你那挨那起造，才知病根出佇制度
你規氣共siàn-sé的外衫褪落來
鐵馬騎咧，對鳳山khau過高屏溪
管待伊日頭赤焱，管待伊月光暗淡
有時甘蔗欉搖搖擺擺，有時稻花金爍爍
彼陣，bâi-óo-lín猶攏無譜。
Tann是憂憂的琴聲咧流
講港都，哪會落無雨？

製糖會社的磅仔siunn輕

你的 bâi-óo-lín 沓沓有譜。
做穡人嘛愈來愈精 tsông
綴無你的琴聲,也欲佮你四界運動
Bâi-óo-lín 免 3 冬就掠著譜
20 年代後半的台灣農民,變做樂隊
佇全島的農村,合聲、交響。

Bâi-óo-lín 略仔有譜,總是簡--è,
暗暝無過去,閣一个暗暝罩落來
佮無分無會³,取締⁴你的琴刀
琴線 tsiâu 絞斷,琴箱佮監牢做伙關門
拄畫的譜 hông 舞甲挈 tsháng-tsháng
散掖佇彼个,非情⁵的馬場町。

總是簡--è,我若像閣有聽著
你的 bâi-óo-lín,聊聊仔咧挨
親像你的鐵馬 khau 過高屏溪
暗暝,暗暝炤⁶佇你的肩胛頭
彼片毋知咧唱歌抑是咧吼的
田園,已經拋荒。

後記

簡吉（1903.5.20-1951.3.7），高雄鳳山人。擔任 1925 年成立的鳳山農民組合組合長，紲閣組織全島性的台灣農民組合，恙領日本時代的台灣農民運動；在白色恐怖時代受掠，佇馬場町 hông 銃決。簡吉逐日為著農民走傱，常在若轉來猶是 bâi-óo-lín 攑起來挨。人若共講忝甲欲死 ah 哪毋歇睏？伊就應，無挨我才會死。謹以此詩向簡吉致敬。

註釋

1　bâi-óo-lín：日語借詞（バイオリン），手琴 (tshiú-khîm)、小提琴。
2　稽古：khe-kóo，日語借詞（けいこ），練習、排練。
3　無分無會：bô-hun-bô-huē，無來由地。
4　取締：tshú-tē，日語借詞（とりしまる），沒收。
5　非情：hui-tsîng，日語借詞（ひじょう），無情。
6　炤：tshiō，光照、照著、亮著。

透風,百合
獻予敬愛的張炎憲教授

時代的風,恬恬透
對山的彼爿透來
透過彼蕊堅心的百合
共咱放送台灣母親的記持

時代的風,恬恬透
對海的彼爿透來
透過彼蕊冷滲的百合
予咱看著台灣囡仔的決意

玉山的囝,海島共咱晟
你的形影,永遠袂失散
像彼陣風,恬恬,恬恬仔透
透過山埒,透對海邊,透向平野

透落焦磋、等待滋潤的土地
透入咱台灣人的心肝

風，猶閣咧透
你生佇溢來hián去的時代
共芬芳的種子掖佇美麗的島嶼
掖佇傷痕密密的所在
風，對遐透出來，柔軟的新穎
髏過沓沓必巡的空喙
轉身、倚thîng的台灣百合
弓出曠闊、深刻，意志的性命力

時代的風，會閣直直透
彼蕊溫純的清芳
彼蕊高貴的向望
清潔、高雅、勇敢
悉咱Formosa的囝孫
擔頭，穩在，無欲退kiu
行向理想的彼一工

後記

靈感來自張炎憲教授（1947-2014）的詩〈希望的花蕊〉。

一桿同志無秤仔
聽見懶雲 [1]

1920年代的暗風,踅過濟濟崎崎曲曲
總算小可吹tuì 21世紀這時的亭仔跤
Iah竹篙鬥菜刀的年代袂閣來
鬥鬧熱的齣頭早就煞戲
逐人心肝掠坦橫,佇現代的砼簷跤
予資本氣候,追來逐去

風,勻勻仔透
Khê-khê重重,懶雲
你敢是親像熱人的黃昏時
懶佇山後的彼蕊憂愁雲尪 [2]
猶咧等待畫箍半月
總是猶未tsiâu顯的曙光 [3]?

百冬前,你醫治的手繼續暗稽
排別新舊,用文學的體勢
共giáp佇帝國中間的島嶼揀向毛斷[4]
講欲起造咱的國民性
毋過毛斷的輪框紡siunn緊
土人目花,毋知按怎順趁
Iáh法制講是用「秤仔」做準
秤量咱的慣習、測度咱的文明
改舊、換面、抾齊
彼个頭殼分割,這个喙舌必叉
結局,勢出也無奈,你的工白了規半
賰幾篇無聊的回憶,副洗失傳的蛇藥單

無人正經要意。天色沉落
我聽見彼蕊雲尪,雄雄píng身
幪一領愈大su的烏黕紅[5],大聲哭呻
「儉腸凹肚也欲壓倒四福戶[6]」!
定著[7]是你的憤氣。彼時你捌心凝
幾百年的歷史,攏是富戶人的!?

雨,強強欲落落來

毋過雨，攏無落落來
像彼時你佇監牢內
像這時，瞞天的雲尪

懶雲，人講你惹事、變相、左傾
你為著欲行向民眾的中間
敧一爿的漂動，姑不而將
啥人叫1930年代的低氣壓
猶罩佇蓬萊山頂？雖罔
有同志聚集，一桿一桿
講欲做伙走揣較理想的秤仔
來解放濟濟無產的台灣人
無疑誤，顛倒予人規桿敧放 [8]
流離曲奏落，奏落
Pit-pit-piak-piak，
khin-khin khiang-khiang
秤槌 ka 落，秤桿 at 斷，秤碗損破
秤仔敧敧斜斜，同志四散
Lāng-lāng-lak-lak
連放尿，to 毋願攪沙

帝國紮來的毛斷共時代崩壞

秤仔自頭就毋捌平正
Hián 來 hàinn 去，公義破格
懶雲，你搦牢牢的彼桿秤仔
綴戰機摔落佇空襲彼日，捒入大海
你袂赴看著後壁的紅日落山
煞也 hannh 著⁹頭前彼粒赤焱的白日
燙甲著傷的身軀，猶幽幽仔咧疼
Iȧh 同志，到 tann 嘛四界碰壁。

懶雲，彼个新時代已經萎去
愈新的青年 kheh 倚佇愈新的時代
個共秤槌抾起來，秤桿拄接好勢
秤碗猶咧補，總是
鬥鬧熱的戲齣，愈鬥愈後現代
我若像佇曙光微微的夢裡
閣聽見著你咧哀 tsȧp
一桿同志，煞無秤仔。
一桿同志，攏無秤仔。

註釋

1 懶雲（讀做 Nuā-hûn 或是 Lán-hûn），台灣新文學之父賴和。詩題取自賴和的小說〈一桿『穪仔』〉（Tsit-kuáinn Tshìng-á；《台灣民報》92-93 號，1926.02.14、21；「穪」為刊出原字（《廈門音新字典》內的讀音是 tshìng，今寫作「秤」）與〈一个同志的批信〉（Tsit-ê Tông-tsì ê Phue-sìn；《台灣新文學》創刊號，1935.12.28）。詩中許多語詞也是取自賴和作品。

2 雲尪：hûn-ang，黃昏時如人形或山形的雲，低氣壓前兆。

3 1930 年 8 月，《台灣新民報》開闢「曙光欄」，賴和與陳虛谷擔任主編。「曙光」為 1930 年代新文學運動重要的新詩園地。

4 毛斷：môo-tng，日治時期的 modern（現代）音譯。

5 烏黕紅：oo-tòo-âng，暗紅色，紅中透黑的顏色。

6 儉腸凹肚也欲壓倒四福戶 (khiām-tông neh-tōo iā-beh ah-tó sù-hok-hōo)。比喻窮人就算得餓死，也要跟富人爭一口氣。引自賴和頭篇小說〈鬥鬧熱〉，《台灣民報》86 號，1926.01.01。

7 定著：tiānn-tioh，一定。

8 敨放：tháu-pàng，解放、解脫。此指解開、分化。

9 hannh 著：受熱氣或熱水蒸氣燙到。

引揚天 [1]
記高雄港的一个下晡

南國的入口，佇往過的往過，早就拍開
輸入外銷、東洋見學、南洋進出
拚性命嘛欲徙來的移民
攏tuì遮上陸，後來，打狗換做高雄
無一項袂堪得的重量

熱熱的風，絕望的血汗帶足厚
佇彼日透甲盡磅，澹澹重重
港喙[2] hông翕甲強欲斷氣，1945年的後半冬
玉音放送的聲調，直直卡佇出海口
海佮天色tsiâu反烏，空空隙隙的銃空
也無thang安搭溢無路的憂悶
近百冬的風華，變做冷吱吱的死港

隔轉年的春天，鬱鬱的雲無散
南台灣的內地人集倚來
Kheh 入猶咧發癀³ 的高雄港
家族已經佇遮生湠，行李煞也著簡單
佮共駁岸垺的集中倉庫tsinn甲密密
Thìng 候熱hiap-hiap的螺聲霆袂煞
一世釘的根，帶塗規欉khau
二世記持的青春，嘛受著限重
總攏無留。查埔人的意志著窒牢牢⁴
查某人目箍紅，iáh 囡仔，閣掠準是內地的旅行
猶咧心適興、興心適，耍毋知thang停

毋是島嶼無情，相送的人，目屎袂離
嘛tann會當空喙哺舌，さようなら
怨感佮毋願，liâm-mī 攏著綴咧引揚
啊，憂頭結面的南國，帶傷
帶傷，也著閣活。載空虛入港的大船
一隻一隻駛來，共雲捒開
出海口的氣絲仔，總算沓沓通敨

想定內⁵的變天，予雲愈行愈低

038　　　　　　　　　　　　　　　　　　　　方言歌 2070

佮海面的烏煙黏黏做伙
無閣熱情的高雄港,雖罔
毋是本意,也著共佮擲出南國
引揚了後,生份寒人⁶的北國
Tann欲變做,灣生⁷毋捌去過的故鄉

船過水無痕,彼个烏陰烏陰的引揚天
高雄港,恬恬,sùh-sùh⁸
載出,無閣載入
雨落袂落來,紅日嘛無閣開
賭一條駛遠遠的水痕,留佇外海咧吼
講,著堪難堪,著忍難忍⁹

註釋

1. 1945 年 8 月，日本宣告戰敗。日本本土以外的「邦人」大約 660 萬人自外地一批批被「引揚（遣送）」回到本土，此可謂人類史上於最短期內，最大規模的人口移動。這些被送還的人，被稱做「引揚者（ひきあげしゃ，Ín-iông-tsiá）」。自台灣引揚的日本人有近 48 萬人，首次大引揚是在 1946 年 2 月 21 日至 4 月 29 日，2 個多月之間，他們分別被集中於基隆港、花蓮港、高雄港這三個港口，自此陸續離開台灣。「引揚天」，在這裡是用天氣形容當時的情境。
2. 港喙：káng-tshuì，港口。
3. 發癀：huat-hông，發炎。
4. 窒牢牢：that-tiâu-tiâu，重重地阻塞著、阻擋著。
5. 想定內：siūnn-tiānn lāi，日語借詞（そうていない），意料中。
6. 寒人：kuânn--lâng，冬天、寒冷。
7. 灣生：uan-sing，日語借詞（わんせい），主要指日本統治時期於台灣出生的日本人。
8. sut̍h-sut̍h：憂慮，悶悶不樂。
9. 著堪難堪，著忍難忍：引自天皇的終戰詔勅「玉音放送」其中一段，「……堪ヘ難キヲ堪ヘ忍ヒ難キヲ忍ヒ（堪えがたきを堪え、忍びがたきを忍び）……」。

樹空[1]
《記憶と生きる》[2] 觀後

樹仔死去 ah。就算樹尾頂猶有幾枚[3]
像糊起 lì 的青色
佮幾蕊，沓沓仔蔫去
欲落(lak)欲落，粉紅色的花

因為樹頭，破一大空。塗跤底
一粒一粒袂赴 puh 穎的子仔
焦硞硞、liù 皮、見袂著光
暝 siunn 長，無彩的青春夢 om 入塗跤底
雄雄落來的酸雨共逐粒子仔
脹甲 loo-loo、烌烌
烏烏、phōng 心，佇塗跤底
Tsinn tsinn 做一伙，變做

死人骨頭,死人骨頭,死人,骨頭

講是南方咧戰爭
按怎北爿雪國庄跤的逐欉樹仔
樹頭,攏hông捼破空?
樹身搖搖擺擺,閣suh無養份
強欲徛袂牢

改隸了後的草地所在
新字,猶無人捌
牽猴仔共廣告染甲紅紅紅
募集女子挺身隊,募集戰地看護師
去就有好空,一人攏一空
募集,是無咧管你願iáh毋願

為著實現大東亞的共榮
南方戰爭,北爿協力
女子挺身隊、戰地看護師
名義無仝,去到tè才知穡頭攏相siāng
毋免創啥,只要像彼欉樹仔
開一个空,恬恬tshāi佇遐
予受傷的身軀入來

予需要療養的靈魂入來
予無地掠狂的野獸入來
就算樹身沓沓衰茬
樹空，嘛著照空

樹空，空欲百冬
佮歷史埋埋做一伙
總算等到有人共塗跤挖開
遐的身軀有空、猶死無去的樹仔才知
彼个稽頭，叫做「いあん」
強強欲落塗的花蕊
猶會記「新字」按怎寫
猶會記帝國的話按怎講
因為彼當陣，hông 募去「慰安」

熱帶南方的戰火早就化去
帝國獨善其身，毋免共榮
彼片純潔的草地所在，tann 改做近代
塗跤的死人骨頭 tsiânn 做烌
猶留佇樹椏彼幾蕊粉紅色的花
早就無芳，嘛已經落塗

註釋

1. 樹空:tshiū-khang,於此將之讀做「いあん (i-an)」(慰安)。

2. 《記憶と生きる》(俗記持共生)是土井敏邦導演的韓國(朝鮮)慰安婦紀錄片,2015 年於日本放映。「樹空」的意象取自片中姜德景女士的一幅畫「被奪走的純潔」。一個少女裸身倒在樹下,手掩面哭泣著。樹幹是日本兵的身體,土底下埋了許多死人骨頭,樹枝葉片稀疏,有美麗綻放著的花朵卻掉落滿地。希望以書寫韓國慰安婦來提醒台灣人重新思考這個被遺忘、有著爭議的課題。

3. 枚:buê,日語借詞(まい),量詞,張、片。

田野,倒轉來

殖民性佮現代性的反思佮辯證
崁袚過伊對行踏過的土地彼个心肝
彼份包容佮曠闊的愛情

Tsham 帝國做伙來的人類學家
共欲量底土人寸尺的家私
揹佇肩胛,盤山過嶺
勻聊仔共 ka 落佇部落的慣勢
抾起來,頂真仔記錄
消失佇深山的聲音
好禮仔收藏
風化佇平地的文明

每一个予歷史掩甲密密的田野
攏有伊的跤跡
筆水透甲實實(tsa̍t-tsa̍t)的手摺簿內底
逐个字開始活動咧跳舞
逐筆畫歡喜閣再妝姃
逐句單語沓沓潤喉出聲

古早古早的台灣，無閣予人袂記
伊化做彩色鬧熱的真人實景
總算又閣盤山過嶺
倒轉來到，咱的目前

後記
———

佇台灣大學參觀「重返・田野 - 伊能嘉矩與臺灣文化再發現」特展。

囡仔問我關係
Siā-huē Tsìng-gī 的問題
記台灣人歡喜日本通過安保法案

共鮮血黕¹甲規个的焦麭搦咧
囡仔想欲啉水,那咧問我
包麭的舊日報面頂所寫的
關係 Siā-huē Tsìng-gī 的問題

囡仔,緊食。
血麭是共隔壁庄的村長討的
村長沒收個庄裡佮咱全款的賤民
的麭,外皮較媠的,獻予海的彼爿
高高在上的縣老爺
沐著血的,就提來共咱救濟
囡仔,有這款恩賜
就莫閣問 ah

關係 Siā-huē Tsìng-gī 的問題

囡仔的面猶是無頭神
我閣共隔壁庄的村長討寡水來
水嘛濫著濁塗,彼是村長沒收個庄裡的賤民
的麭的時,hat 落紛亂的漉糊戰所致
沉 tio̍k 一下就清氣 ah
配這血麭食落,免虧心嘛免驚惶
大漢你就知,這款恩賜無地揣
就莫閣問 ah
關係啥物 Siā-huē Tsìng-gī 的問題

你若有時聽見佇遠遠彼爿有賤民的
喉叫佮啼哭,那來那大聲
你著會記,你的體質已經變甲勇健
你有麭佮水,佮縣老爺食的攏平樣
所以,就莫閣問 ah
關係啥物 Siā-huē Tsìng-gī 的問題

就莫閣問 ah,囡仔
去讀冊了,學校就會共你教
「字」按怎寫。管待伊简体繁體

方言歌 2070

彼攏毋免 siunn 要意
福島 (Hukushima) 的荒埔、沖繩 (Okinawa) 的基地
血 sai-sai 烏 lok-lok，彼攏 tann 是隔壁庄的問題
你若大漢，你就會知
Siā-huē Tsìng-gī
就 tann 是「字」
是大人提來 khōng 金 khōng 銀佇面裡的迌迌物
會 hông 枵腹肚，不止仔空虛
Iàh 阿爸佮阿母攏是無法度出頭天的賤民
早就袂記，早就放棄
關係啥物 Siā-huē Tsìng-gī 的問題
關係欲起造啥物美好的國度
Guán，tann 無資格教你

註

Siā-huē Tsìng-gī，毋是「社會正義」。

後記

此詩原華語詩題是〈孩子問我關於ㄕㄜ、ㄏㄨㄟ、ㄓㄥ、ㄧˋ的問題──記台人歡喜日本通過安保法案〉，發表佇網路當日，劉靈均先生、廣瀨光沙小姐就共譯做日文，詩題是〈子供がシャカイセイギについて私に訊ねた──台湾人が日本の安保法案可決に歓喜することを記す〉。

註釋

1　氉：tòo，染到顏色，色彩暈開。

方言歌 2070

已經毋是紮菜脯飯包去溪埔搬沙石的時代
　（明仔載的氣力，機器人共你攢便便）
講一句家己的話，早就毋免閣罰一箍
　（教台灣話算點鐘的，人間國寶thài會用得出價？）
庄裡上優秀的大學生嘛袂閣hông掠去
　（「輕軌」的鐵枝路代替產業道路佇農村四界趖）
土地全款遐爾狹，總是無人敢閣嫌台灣
　（四面五路的帝國，對16世紀就輪流來相爭欲愛）

恩愛規百冬的枕頭沓沓有記持，線頂拍賣逐時欠貨
　（科技進步，少年人失智講嘛有藥醫）
夜色的東門町無閣透風落雨，總是不時罩霧
　（空氣汙染siunn嚴重，台北規市內攏崁蓋）

無力宣言的海翁,揹一身軀厚厚的重油泅入來港仔墘
　(經濟佮國際攏咧戰爭,飛行機大船逐隻沉落外海)
食麵包、抹牛油的烏鶖,tsín逐不時飛轉來嘉南平原
　(基改的物件佮塑化劑食久uân-nā會siān)
老樹落塗足久ah,向上天的新枝葉全全是進口兼加工過的
　(無仝皮色的移民一睏來足濟,無人是正港的台灣人)

直直眠夢多元的番薯島,彩筆盒仔內煞賰一色
囡仔無閣叫爸母「ㄅㄚˇㄅㄚˊ」、「ㄇㄚˇㄇㄚˊ」
早起時的io-tsí-ián,用國際通用語huah精神口號
規大疊的補充教材,干焦賰一條「天烏烏,欲落雨……」
阿公阿媽早早就做仙ah,物資無缺少甲連破鼎攏愛回收
小可各樣¹的老師,偷偷仔提尪仔冊教囡仔唱彼條
古早古早,為著阻擋「兩岸服貿協議」簽訂的流行歌
「天色漸漸光,遮有一陣人,為著守護咱的夢,成做更加勇敢的人……」★

2070年的某一日,全世界的新聞攏咧痟這層
講彼位有兩个查某囝的女性太空人
代先飛入去到百冬前猶無人發見的銀河系
伊用幾若款地球話共遐的外星人相借問
聽講其中一句是「Tsiàh-pá-buē?」

超越光年的電報,真緊就佇地球所有的城市播送
番薯島的老歲仔,目屎大大粒 lìn 甲規塗跤
島上的少年人逐个 to 咧問彼啥意思
太空人閣特別錄影分張² 予咱這個世界的公民
予逐个驚疑的兩項代誌是
彼條銀河的水,哪會遮清?
所有的生物欲徙振動敢干焦靠念力?

百冬前的菜脯飯包,後來包裝甲婿 tang-tang
嘛捌予濟濟國家疼一站。無 kah 幾時
人閣挏(hong)講會拍損健康,莫食較好
甕仔底臭殕的鹹物配猶未捾上桌
就予風颱掃了了。連環保車也艱苦 tsē-kuà³
做 phun 做肥的原料 tann 著閣物色
科學家開始研發「無差別廢物處理機」

幾百年來攏咧煩惱滅亡的小島,到 tann
猶無沉落海底,全款恬恬 tshāi 佇太平洋西南海邊
接收來自 100 冬比 100 冬閣較曠闊的新世界
佳哉!佳哉,暗暝的月光
猶原炤佇懸 lòng-sòng、好骨路的玉山山脈
伊的身軀長 lò-lò,毋捌變換的線索

淡薄仔翠青,猶咧閃閃爍
風若共雲㧎過來,會聽著輕輕仔咧牽亡的歌聲
袂輸咧唱講,彼條看起來遮爾清的銀河
檢采有時也會搪著透風落雨

備忘錄

濟濟詩句,是聯想自向陽〈阿爹的飯包〉、林宗源〈講一句罰一箍〉、柯旗化〈母親的悲願〉、林央敏〈毋通嫌台灣〉、陳明仁〈拍賣老台灣──東門町記事〉、李勤岸〈海翁宣言〉、胡民祥〈你莫去〉、路寒袖〈台北新故鄉〉、鄭兒玉〈台灣翠青〉、方耀乾〈阮阿母是太空人〉、滅火器楊大正〈島嶼天光〉等諸位先生的作品。

註釋

1　各樣:koh-iūnn,不同、有異樣、奇怪的。
2　分張:pun-tiunn,分享。
3　tsē-kuà:痛苦。教典寫做「罪過」。

歌曲註 ★〈島嶼天光〉

歌曲:島嶼天光 Island's Sunrise
詞曲:楊大正 Sam Yang
演唱:滅火器 Fire EX.
詞曲 OP:火氣音樂 FIRE ON MUSIC

下半身

佇欲行去台史博的路邊
賭下半身的神社
時間徛定佇戰前

頂身予人鏨斷[1]
下半身猶行袂開跤
數念昔時的繁華
檢采是對記持的堅持
也毋知，敢會變做
無法度投胎轉世
袂得 ping 身的拖磨[2]

後記

彼工欲去台灣歷史博物館,經過永康三崁店糖廠神社。

註釋

1　塹斷:tsām-tñg,砍斷。
2　拖磨:thua-buâ,勞苦、折磨、窒礙。

和緯路四段速寫

佇大台南的中央
對倒爿橫橫切一巡
東爿佮北門路相接
西爿迵到安平

黃昏時,逐條路有懸樓閘咧
透天厝一間一間,路無夠直
干焦對遮,遠遠看過去
近近的日頭大大粒,光炎炎
落佇和緯路的尾溜

干焦對遮才看會著
遐爾鑿目,嫷嫷的日頭光

市區內的魔幻時刻

100 冬前,猶是水路草埔
閒塗墓地,拋荒的鬼火颺颺飛
50 冬前,四界攏塭仔
魚蝦水族沐沐泅,工場沓沓起
10 冬前,「好市多」來 tshāi 佇遮
歇睏日人 kheh 甲插插

成功路佮文賢路無法度楦闊[1]
和緯路四段的路口
逐不時車陣窒甲 lò-lò 長
人聲、車聲直直溢出來
佳哉巷仔內猶真清靜

禮拜時[2],附近的國校運動埕
猶聽會著囡仔歡喜迌迌的聲
雄雄聽著,阿媽 huah 孫:
「你要不要先企『放尿』?」
孫仔那走那應:
「喔!阿媽,你說髒話!」
時間,自按呢束結[3]佇

方言歌 2070

另外一个魔幻時刻

火燒的炎日落山
大大蕊風火目⁴的暗霞
猶炤佇安平港的天頂
鑿耳的話牢佇和緯路面
一睏過一睏的迷夢
綴打馬膠⁵ kauh 來 kauh 去
聽講,捷運的蜘蛛網
也 liâm-mī 欲動工

註 釋

1 楦闊:hùn-khuah,拓寬。
2 禮拜時:lé-pài-sî,週末。
3 束結:sok-kiat,結實、精巧。此指凍結。
4 風火目:hong-hué-ba̍k,激動的眼神。
5 打馬膠:tá-má-ka,柏油。

「我爸爸也會講你們這種話」

山裡的回聲若是
碰壁閣碰壁就會
愈來愈細聲
愈細聲
細……

聲，擋定佇恁爸爸這代
恁爸爸對恁無聲
伊的聲，卡佇往早
掠準會綴袂著時代
足驚予恁知影

「我爸爸也會講你們這種話」

……

彼个查某囡仔的爸爸
檢采三不五時會出聲
予伊猶小可聽有彼款聲
毋過爸爸慣勢的聲
干焦袂對囡仔
橫直啞口袂砉死囝
換一支喙,逐家攏快活

活咧,生成攏是碰壁
碰壁的時,想欲揣回聲
佇干焦用想像的山谷中間
回聲賰老歌
拄著仔[1]罔唱爾
話,袂曉講
嘛毋捌寫

彼下晡,若像看著
有一个世代的囡仔
替個爸爸會曉講的話
提早辦告別式

輕輕仔共咱的聲再會
古早古早
「我爸爸也會講你們那種話」

後記

阮翁恁囡仔去公園𨑨迌,有一个妹妹佮阮囡仔做伙耍,耍甲真歡喜。妹妹嘛一直咧聽阮翁佮囡仔用台語講話,伊真大方,阮翁就用台語罔佮伊開講,攏聽有,總是袂曉講。遠遠彼爿,伊的阿媽用無輾轉的華語叫伊細膩。伊欲走的時,共阮翁講一句:「我爸爸也會講你們這種話。」

註釋

1　拄著仔:tú-tiȯh-á,有時,偶而。

翠青的長尾山娘
寫予 2024 年台語詩選的修課學生

咱佇恬靜的春天相搪
早起時的教室猶有冷風透入來
對百冬前的詩歌開始誦讀 [1]
毋知猶無熱度的身軀
敢有予焐甲淡薄仔燒烙

往過的詩句遐爾開闊明瞭
少年人若像較意愛流行小調
無張無持清亮的鳥聲響佇窗外
替稀微的詩句輕輕伴奏
Tsiuh tsiuh tsiuh tsiuh tsiuh……

彼是對山裡飛來的長尾山娘
一對翠青猛掠的翼股

兩蕊溫純光潔的目睭
予激情的話語沓沓活轉來
熱熱迵入少年人的心肝內

Tsiuh tsiuh tsiuh tsiuh tsiuh……
苦悶憂愁，歡喜暢樂
憎心憤怒，擘腹毋甘
青春的脈跳[2] 綴句讀嘹拍咧振動
腹內的詩句已經化做有力的音節
Tsiuh tsiuh tsiuh tsiuh tsiuh……

春天毋願閣再鬱口[3]
熱人也欲隨時滇流[4]
彼日教室有翠青的鳥隻
青島東路也有濟濟形影
彼是長尾山娘的心肝
彼是長尾山娘的嬌聲

註釋

1　誦讀：siōng-thȯk，朗讀。
2　脈跳：mėh-thiàu，脈搏跳動、悸動。
3　鬱口：ut-kháu，噤聲、瘖啞。
4　滇流：tīnn-lâu，漲潮。

卷二

囡仔,想欲予恁愛

Gín-á, siūnn beh hōo lín ài.

囡仔，想欲予恁愛（01）
地圖

性命，就是走揣
走揣，會當對地圖開始
走揣過去，也 thang 看著未來
檢采恁紲來欲愈飛愈遠
請會記得越頭看咧
遮，定著有恁的跤跡

後記

幾句話寫了，感覺凡勢通閣共彼个心情彼粒頭殼 giú 轉來 ah。久無詩，想想咧，uì 寫予囡仔做頭，用「囡仔，想欲予恁愛」做系列的題，希望會得接紲。

2020.06.07,台南,水交社文化園區。

囡仔,想欲予恁愛(02)
時間

無分無會
靠勢伊是空間的掌權者
無分大小
愛用心去節
無影無跡
逐个人攏咧共逐
無代無誌
毋免 khiau-khi[1] 家己

2020.01.05,成大榕園。

恁kah是² 來到遮
著沓沓學會曉
寬寬仔行
若siunn過頭準時
凡勢無才調拍破
生的規則

註釋

1　khiau-khi:為難、刁難。
2　kah是:既然。

囡仔，想欲予恁愛（03）
日花[1]

日頭光
對雲間，漏洩落來
對樹葉仔縫，偷騍出來
一鬏一鬏，一柱一柱
有時個嘛會換妝，變做一蕊一蕊的光花
溫燒仔溫燒
扞著仔siunn過熱
會鑿鑿。總是
若親像是有人對真遠的所在
欲來共你講啥物

2018.04.04,台南赤嵌樓。

敢是一寡,關係你
頂世人的線索
抑是咧共你提醒
遮,干焦是你暫蹛的旅店
愛會記得,猶有一个足媠的國
等你轉去

註釋

1　日花:jit-hue,也說「日花仔」。從雲間或樹葉隙縫中洩出來陽光。

囝仔,想欲予恁愛（04）
鼓仔燈[1]

有的掛(kuì)規年迵天[2]
有的干焦過年到元宵thang看
這个城市,有濟濟神明
有的予人服侍佇細細間仔嘛足興
較濟是旺甲常在發爐的大間廟
熱情的廟祝佮信眾
不時替逐家點燈,替逐家光明

紅的、黃的、花的
逐條路,逐个廟埕
這个城市吊甲一四界
光phiāng-phiāng
圓lìn-lìn

恁拄學講話的時,便若看著鼓仔燈
就會出大聲huah,歡喜甲
目睭展甲大大蕊
親像遐的小小的光、小小的圓
正經有炤著恁、iànn踮恁的身軀

大漢了後
檢采恁會搪著濟濟烏暗
願遐的光,上無有一葩點佇恁的心內
毋捌熄去
願遐的圓,kài少有一號印佇恁的性命
攏無缺角

2020.01.12,台南普濟殿。

註釋

1　鼓仔燈：kóo-á-ting，燈籠。
2　規年迵天：kui-nî-thàng-thinn，一整年、一直。

囡仔,想欲予恁愛(05)
有時星光[1]

有時星光,有時月光
星光佮月光,毋是名詞
星佮月,愛讀原調
有時星較光,有時月較光

人佇人間,定著愛拍拚
嘛定著有拍損
天時照行
每一隻狗攏有伊的日[2]

星較光的時
咱會使唱歌
月較光的時

咱來讀冊

準捌做過狗

嘛著爭取出聲佮開光[3]的權利

因仔！

恁會出聲，恁會開光

行閣較遠，也著愛會記得

星佮月，愛讀原調

才 thang 看著伊，自底的媠

閣有恁

自信的家己

註釋

1　有時星光：取自台灣諺語「有時星光，有時月光 (Ū-sî tshinn kng, ū-sî gueh kng.)」，月有陰晴圓缺，風水輪流轉之意。

2　「每一隻狗攏有伊的日」：1933年始，林茂生於《台灣教會公報》曾闢〈新台灣話陳列館〉專欄，連載諸多成為「新台灣話」的日語詞彙；期間又另闢〈英台俗語〉，作為〈新台灣話陳列館〉之附錄，共連載三回。其中，「有時星光，有時月光」，林氏將之譯為 Every dog has his day. (1934.11)

3　開光：khai-kong，原指偶像或神像彫刻完成後，用紅點目之祭儀；此借以喻開眼界、開智之意。

2018.02.10，大港寮日落之時。

囝仔,想欲予恁愛(06)
日誌紙[1]

記甲潦潦草草的工課時間
媽媽佇日誌紙內的格仔
跳過來,閣跳過去

逐禮拜的南北往復[2]
格仔內有滇滇的車幫數字
拄著仔閣著臨時上北赴會[3]
佳哉落南,是佇天星才拄出來的時
一半擺仔[4]出張[5]去外國,會較心悶[6]
常在閣著恁恁去門診
歇睏日的安排嘛袂當無頂真
格仔,定定拄開始跳
就無位

赴車的日頭熱 hiap-hiap
三不五時,愛睏神佇車廂內咧相揣
汗佮瀾,做伙津落來
日誌紙,逐頁
有無張無持[7]的鹹佮 hiàn

總是,便若看著恁的笑容
每一格,每一頁
鼻起來攏糖甘蜜甜

2019.02.14,往京都綾部出張的列車頂。

註 釋

1　日誌紙：jit-tsì-tsuá，日曆、行事曆。
2　往復：óng-hȯk，日語借詞（おうふく），往返。
3　赴會：hù-huē，參加、出席會議。
4　一半擺仔：tsit-puànn-pái-á，偶而。
5　出張：tshut-tiunn，日語借詞（しゅっちょう），出差。
6　心悶：sim-būn，想念，或因思念而致鬱悶。
7　無張無持：bô-tiunn-bô-tî，不小心、不知不覺、無以名狀。

囡仔,想欲予恁愛(07)
金針花

規山坪的金針花
想欲綴山風四界迌迌
逐蕊 to 搖旗搖鼓
搖搖擺擺

恁好禮仔[1] 共一蕊拄換色
開始欲展翼、展紅[2] 的花莓[3]
捧佇手裡
親像恁嘛 liâm-mī 欲飛

2020.09.04，赤柯山賞金針花。

註釋

1　好禮仔：hó-lé-á，小心翼翼。
2　展紅：tián-âng，誇耀景氣好、展現威風。此取其顏色表現雙關語意。
3　花莓：hue-m̂，蓓蕾，含苞待放的花朵。

囡仔，想欲予恁愛（08）
戀慕 [1]

準 [2] 你嘛是一本冊
我欲佮你做伙讀
請你，嘛共我掀看覓

準你是寒人的一領裘仔
我欲共你挔 [3] 來穿
我這領，thìng 好予你幔

親像你是熱人的一杯冰茶
我欲共你捀來啉
我這杯，你敢無欲啖一下？

雨來 ah！

大雨,逐不時佇暗暝siàng落來
直直siàng到天光
我定定予沃甲規身軀澹漉漉
按怎拭 to 拭袂焦
著愛等另外一个日時
你親像一陣風吹過來
行對我遮。Iah是
規氣我先化做一陣風
共家己揀去你遐

就算強欲[4]共家己的所有放離
飛去你的世界
我嘛欲下性命[5]想空想縫[6]
先共你giú來我的國度
咱會使活佇新時代
做伙覕雨
做伙沃雨

2018.07.08，囡仔做伙讀冊。希望兄弟仔的感情，親像愛人仔遐好。

註釋

1　戀慕：luān-bōo，日語借詞（れんぼ），愛戀、單戀。
2　準：tsún，假設、想像。
3　挴：hiannh，以手取衣、購買衣物。
4　強欲：kiông-beh，即將、快要。
5　下性命：hē sìnn-miā，努力。
6　想空想縫：siūnn-khang-siūnn-phāng，想盡辦法。

囡仔，想欲予恁愛（09）
行跤花 [1]

恁猶袂行的時
爸爸媽媽揀乳母車
毳恁行跤花
路草 [2] 先共恁鬥捌
世界猶無遐大

跤步愈來愈定著了後
跤下的畫，有時檢采無形
無面地 [3]；有時凡勢感覺無局 [4]
花花仔行，嘛無一定穩

跤花，用目睭行
景緻隨時咧變換

彎彎斡斡的溪，重重疊疊的山
世界若像仔有較大淡薄

跤花，用耳空行
音色忖度 [5] 人的距離
愛情，嘛有遠有近
有鹹有 tsiánn

跤花，用心行
花草佮色水會使家己揀
隨人畫，隨人一步一步
媠媠仔行出來

註釋

1　行跤花：kiânn-kha-hue，漫步、閒逛。
2　路草：lōo-tsháu，路徑、路況。
3　無面地：bô-bīn-tē，面貌不佳。
4　無局：bô-kio̍k，無聊、乏味。
5　忖度：tshún-to̍k，測量、推測、臆測。

2019.12.22，台南龍崎虎形山公園。

囡仔，想欲予恁愛（10）
睏前禱詞十三逝

請祢共暗暝徙離
請祢共束縛頭殼的大索敨開
請祢賜精神的食物予欠缺的靈魂
請祢看顧猶剢痛疼的空喙
請祢教痟狂的人清醒
請祢制魘¹化做人身的魔鬼
請祢聽見無聲的喉叫
請祢共造海疊山的氣力予個
請祢徛佇正義這爿
請祢斟酌看遐橫惡的非情
請祢也毋通放揀個
請祢共光照佇彼个有濟濟島嶼的城市
嘛請祢繼續有光，炤佇台灣

2012.03.09,頭擺去香港迌迌的時,也捌去黃大仙祠參拜。

後 記

香港《國安法》佇 2020 年 6 月 30 通過,7 月初 1 生效。

註 釋

1　制壓:tsè-iàm,驅除惡靈。

囡仔，想欲予恁愛（11）
原宥[1]

你行佇伊頭前
伊慢你一步出世

就若像運動埕頂的走標比賽
有人較早聽著銃聲
有人走到一半跤會疼
有人為著賞金會想欲共人刮[2]倒
有人干焦是彼日烏陰天
煞無出上大的氣力成做你的對手

仝一條路，嘛會行出無仝路草
你看著的是草仔青青
伊看著的是落雨進前的天色

2018.02.27，
2 歲外的潤仔抱欲滿月的澤仔。

你歡喜挽一蕊粉紅的花
伊無欲樂跎 [3]
甘願共路攏 kauh 予平平平

拄著仔，伊會共你拚過
伊毋知連這款代誌，也著有你的諒解
伊畫的色共你的路閘起來
你的光明一時烏暗
彼陣，你只是佮伊小可換位

完全的付出，forgiveness
原來遐爾簡單
恁會做伙行，恁沓沓會走相逐
恁不時想欲輸贏，恁可能愈來愈遠途
相閃身的時
望恁，互相原宥

註釋

1　原宥：guân-iū，原諒、寬赦。
2　刮：kueh，被片狀物或長條物絆到。
3　樂跎：lȯk-tô，邊走路邊被途中景物吸引而停下來玩耍。

方言歌 2070

囡仔，想欲予恁愛（12）
弟弟日時寄草[1]

你出世的時
阿母拄卒業轉來台灣
猶揣無頭路
咱暝佮日攏黏做伙
阿公、阿媽、爸爸、媽媽
逐个金金共你看，看你
沓沓會曉 píng 身，會曉爬
會曉行，會曉走
會曉靠勢人疼
逐工烏白花

弟弟出世的時
阿母已經逐禮拜南北往復半冬

2021.05.08,爸爸媽媽攏無閒,這日,兩人攏寄草。

伊拄滿月,媽媽就收假
佳哉隔壁巷仔有予人信用的乳母
弟弟日時佇遐予人共看,看伊
沓沓會曉ping身,會曉爬
會曉行,會曉走
會曉看人目色
毋敢烏白花

了後你去讀io-tsí-ián
猶細kai漢仔的弟弟

日時寄草

轉來厝的時間較晏

會共你搶迌迌物

會共你搶欲 sai-nai 媽媽

你定定會共物件搦牢牢 [2]

總是，你也那來那捌代誌

拄著仔知影分張是遮爾歡喜

2020 年彼冬，全世界攏著災

瘟疫隔轉年愈漟

恁佇驚惶佮慣勢三級的中間

沓沓大漢。沓沓知影

咱逐个人來到這个世間

就若靈魂暫時的寄草

性命，實在

無啥物好窮分 [3] 的

註釋

1　寄草：kià-tsháu，原指把牛寄放在別處，請別人幫忙飼養；今也用在幼兒托育或請保姆照顧之意。
2　搦牢牢：la̍k-tiâu-tiâu，緊握。
3　窮分：khîng-hun，計較。

囡仔,想欲予恁愛(13)
投[1]

一日投幾若擺。
「媽媽!哥哥共我拍尻脊骿!」
「媽媽!弟弟攏共家己的物件囥佇我這爿!」
「媽媽!哥哥提我的機器人去耍無先共我問。」
「媽媽!弟弟giāng[2] 輸,閣無欲先予我騎跤踏車。」
「媽媽!哥哥講耍一下仔了就欲還我,攏無!」
「媽媽!弟弟共我挵著閣無講歹勢!」
……

過無幾分鐘
兩个人閣耍做伙ah。
那講閣那有笑,歡歡喜喜!

以後,媽媽定著會數念

恁一日投幾若擺的日子

大漢了，人會有理性
袂親像囡仔，磕袂著就投
毋過
投，是透過第三者拍開對話的開始
投，接紲的是後一擺兩個人閣做伙的笑容

大人勢忍耐，袂投
家己鬱牢牢
人無tsùn-būn³，繼續共你kāng⁴

大漢了後
若拄著惡霸
會記替家己投
毋通投機就好

大漢了後
看著無公道的
會記徛出來替人投
毋通家己先投降

卷二 ｜ 囡仔，想欲予恁愛

2021.05.16,做伙歡喜畫圖。

註釋

1　投:tâu,告狀。

2　giāng:日語借詞「じゃんけんぽん」,台語讀成「giāng-khiân-phué」,後簡取 giāng 作為猜拳之意,或作猜拳的動作。

3　tsùn-būn:在意、過問、理睬。

4　kāng:作弄、捉弄、欺負。

囝仔，想欲予恁愛（14）
水抁仔[1]

五歲囝仔佮三歲囝仔
歡喜協力
出大力共水抁仔
抁懸抁低

我親像看著恁
大漢了後
仝款遐爾協和[2]
出大力共時代的水抁仔
抁出清氣的水泉

2021.11.07,新港鐵路公園,佮吉洋阿伯。

註釋

1　水抾仔:tsuí-hiap-á,以手上下搖的抽水機。
2　協和:hiap-hô,互相親密和好。

囡仔，想欲予恁愛（15）
度針[1]

也驚恁寒，閣驚恁熱
度晬前後
度針毋敢離手
Thìng候起落的紅色
裁決恁回應予性命的熱度

恁讀io-tsí-ián彼幾冬
世界著災，隨時變種的病毒刣袂了
穢pê-pê[2]，猶是看袂著
學校的表格，逐日早暗記錄
度針，成做恁的日常

度針，已經毋是古早彼款針
哥哥拄欲入國校這冬

度針嘛沓沓無準算
上驚的是快篩加一逝
逐日緊張 tsē-kuà

Thìng 候恁用青春度食 ³
骨力發出身軀的熱度
總是也會有賰強 ⁴ 度日的時
牢佇心內遏的刺仔
毋免共硬拔
一針一針
勻聊仔迈過

Liâm-mī 到遠遠的未來
度針凡勢早就變古董
人類虧心 ⁵，地球發燒
菩薩無閣度世
賰熱海，佇恁的四箍圍仔
湧來湧去

世界毀滅進前
請安心、規心 ⁶
度化家己

2022.07.07,囡仔做伙讀冊。

註釋

1　度針：tōo-tsiam,溫度計。
2　穢 pê-pê：uè-pê-pê,髒亂無序。此指傳染不斷擴大。
3　度食：tōo-tsiàh,糊口,過日子。
4　賭強：tóo-kiông,逞強。
5　虧心：khui-sim,殘忍、殘酷。
6　規心：kui-sim,專心、專注。

囡仔,想欲予恁愛（16）
有時媽媽

有時媽媽是媽媽

有時是兔仔

溫純幼秀好鬥陣

有時媽媽是媽媽

有時是猴山仔

變鬼變怪予恁看

有時媽媽是媽媽

有時是狗仔

恁講一攏袂刁工應二

有時媽媽是媽媽

有時是烏熊

共恁顧牢牢煞予恁袂大

有時媽媽是媽媽

有時是狗蟻

逐不時著愛無閒 tshih-tshah

有時媽媽是媽媽

有時是獅仔

足濟時陣是獅仔

齷齪[1] 掠狂，失迷[2] 起痟

是心內的空喙猶咧發癢

我定定看著

恁變做一面鏡

照出我

有時媽媽

有時才看著

罕得看見的家己

2022.02.27,普濟店附近食 ka-lí 飯。

註釋

1　齷齪:ak-tsak,煩悶、厭世。
2　失迷:sit-bê,迷路、慌亂。

囡仔，想欲予恁愛（17）
北極星

寒人的聖誕暗暝
兩兄弟仔散步看天頂
月娘猶覕起來
個就先揣北斗七星

七歲的潤仔問講
北極星敢有佇太陽系裡
五歲的澤仔罔臆
北極星凡勢嘛有蹛人

媽媽毋捌天文
干焦應，北極星
佇足遠足遠的所在

若有蹛人
檢采佮咱無仝款

足遠足遠的所在
光，猶是傳到遮來
毋管敢有蹛人
伊攏是遐爾閃閃爍

囡仔，想欲予恁愛（18）
月光[1]

彼暗，咱去看月娘
清幽幽的天，新 tshak-tshak 的月
月眉仔光光，吊佇天頂
咱心內有期待佮歡喜

彼暗，咱去揣月娘
冷霜霜的天，光 iànn-iànn 的月
半斜月孤單，強欲落落[2] 塗跤
咱，毋知會當按怎共承

月，定定欲光
定定，袂得 thang 光

2023.03.24,
月掩金星,佇台南朝皇宮。

彼暗,咱閣去看月娘
暗墨墨的天,雲罩身的月
月弦仔眩眩,猶弓佇天頂
準有遠遠的疼惜,也寄袂到位

彼暗,咱閣去揣月娘
闊莽莽的天,白siak-siak的月
半斜月已經慣勢,有光,無熱
佳哉拄著仔,也有天星做陣

月光的暗暝
露水定著較重[3]
總是,月光
往往[4] 袂曝得粟[5]

後記

新時代,猶經驗著袂少重男輕女的對待。以月光為記。也記彼幾日暗時,佮囝仔散步看月娘。

註釋

1. 月光:在這首詩裡的月光,都唸「guéh kng」(「月」無變調),不唸「guéh-kng」。形容月非常明亮。
2. 落落:lak-lóh,掉下。
3. 這兩字取自賴和的詩〈月光〉首句:「月光露水重 (Guéh kng lōo-tsuí tāng.)」
4. 往往:íng-íng,經常、一向。
5. 月光,袂曝得粟 (guéh kng, bē pha̍k-tsit tshik)。台灣俗諺,女性再強也贏不過男性之意。

囝仔，想欲予恁愛（19）
大港寮的紅霞

佇寒人的黃昏時
猶親像火燒天
是台南的熱情

日頭已經沉落
大人猶會得生活的無閒
囝仔繼續純真

遠遠的西北爿，血戰無煞
暗雲也黕[1]著紅色
Iànn對南國的天頂

成做大港寮的囝仔
恁欲佇遮大漢

2022.12.30，載囡仔放學轉來的路裡，滿天的紅霞。

對遮釘根。也會有
外口來的濟濟報信
請親像燒烙的夕霞接應

會記得遮，古早是
接納眾人、沓沓坁平的
台江港埔

註釋

1　黗：tòo，染到顏色，色彩暈開。

囡仔,想欲予恁愛(20)
做生日

無豬跤麵線
無貴重的禮物
恁猶袂曉下啥物願
往常時[1]討的迫迌物也早就夠額

強欲溶去的蠟燭
火光搖搖 tshuah-tshuah
是恁樂暢激動的喜心
是未來充滿挑戰的起湧

2023.01.12,長男厚潤生日。

無佇大時 [2] 出世
也免煩惱無出脫
咱欲做「生」的日
雞卵糕食了,紲來這冬
逐工攏是新的一日
生出無仝的家己

註釋

1　往常時:íng-siông-sî,平常、日常。
2　大時:tuā-sî,指子時、午時等較重要的時辰。

卷三

徙

Suá

祝婚詩

無閣驚寒
有你
就若暗暝的露水來做伴

袂閣驚熱
有你
親像日時的蟬聲
陪阮眠夢
也會佇的確的時
共阮叫醒

後記

這首詩佇日本朋友佐藤圭一先生（這陣已經日本一橋大學社會學科教冊）的婚禮朗讀。

日譯

もう寒さを気にすることはない
あなたがいれば
暗夜の露のように一緒にいてくれるから

もう暑さを気にすることはない
あなたがいれば
昼間に鳴くセミのように
夢を見るわたしと一緒にいてくれるから
そして正確な時間に
わたしを起こしてくれるから

大理街速寫

對西園路幹入來
暗 ah。一个查某人的背影烏烏
干焦看會著伊穿紅色的靴管 [1]
電話攑咧無講話,直直吼 [2]
我才想著
三角窗彼間 45 冬的排骨麵老店
舊年已經收起來 ah

規條街攏是行口商 [3]
毋是成衣、內衫,就是規排的時計 [4] 店
Khán-páng 面頂的字型
猶咧展示古早的繁華市草 [5]
早起出門的時,無一間店門是開的

若尾暗仔轉來，siah-thah⁶ 嘛早就絞落來
今仔日加班。確實
我罕得看著啥物人來交關

閣行幾步
是彼間佇台灣徛超過一甲子的老報社
檢采我的都合⁷ 攏無扗好，全款
毋捌看著啥物人咧出出入入
暗 ah。日時的大理街應該無遐 bih-sih⁸
我直透行入去彼間唯一猶開咧的店
注文⁹ 幾項無油無臊的滷味
Thìng候的時，彼个查某人對我後壁僗過去

天真清，我鼻著宵夜的芳味
煞已經無感覺栂。凡勢是知影
彼个查某人，無佇遐買衫
嘛無佇遐買錶
明仔載的報紙
定著嘛袂有伊的目屎

註釋

1 靴管：hia-kóng，雨鞋。
2 吼：háu，哭。
3 行口商：hâng-kháu-siong，批發商。
4 時計：sî-kè，日語借詞（とけい），時鐘、手錶。
5 市草：tshī-tsháu，市場買賣的狀況。
6 siah-thah：日語借詞（シャッター），捲門。
7 都合：too-ha̍p，日語借詞（つごう），指時間、地點等條件的配合狀況。
8 bih-sih：沒落、衰微。
9 注文：tsù-bûn，日語借詞（ちゅうもん），預訂。此指點餐。

廣州街速寫

正爿面是龍山寺
倒手爿入去是觀光夜市
三角窗的亭仔跤
Oo-tóo-bái tshāi 規排
一个應該有歲 ah 的查某人
坐佇上(siōng)頭 kàu 彼隻

紅絳絳的洋裝
白死殺的水粉
翹甲強欲上天的目睫毛
閣有烏色的內底褲
攏看現現

我佇彼間生理tshah-tshah-tshah的店
點一碗滷肉飯、一phiat白菜滷
一碗排骨酥湯。攏總一百
台北，按呢算俗
對面的阿伯是飯佮湯就飽ah
毋免物配 [1]

滷肉飯面頂囥兩塊薄薄的菜籠仔 [2]
比別位染的閣較黃
比別位sīnn的閣較鹹
我猶是共食完ah
那哺，那想著彼个查某人
流一擺汗，毋知會當點幾項？

廣州街閣行入去
是華西街，是仁濟院 [3]
有濟濟擔拄欲排出來的擔仔
閣有1921年就開到今的兩喜號
這馬是疫情期間
我的喙罨，共所有的味
攏總揀對寺廟的牆彼爿去ah

註釋

1　物配:mih-phuè,配菜。
2　菜籠仔:tshài-lông-á,醃黃蘿蔔。
3　仁濟院:Jîn-tsè-īnn,仁濟醫院。

病床想起

倒佇彼隻等身大的船裡
毋知當時才欲駛出去

無風無搖
就共船頭絞懸
拍算 thang 離世界 ke 較近一屑仔
無湧無波
若共船尾夯起來
閣驚永遠 kò 袂出帆

是講，駁岸佇佗一頭？
若知，應該就袂拋碇佇遮

吊懸懸的射筒,一滴一滴
輸入 uì 外口來的消息
彼个世界檢采有較清氣
抗生物質、葡萄糖,iàh 是
透少少藥粉的食鹽水
無色無味,驤入射管
暝日無歇,流落血管
淨化 a-tsa lâ-sam 的帶罪體

到底按怎入來的?
施術的白衣使者講
血,差一點仔就敗了了 ah
菌對蛀齒的空喙
透入血管,流甲規身軀
若毋是有赴著,性命就 at 折
Tann 咧進行一个純白無色的
抗生儀式
共這副臭皮囊洗洗咧
生,才會得接紲
(毋免重來)

總算,船欲啟程的時

才知影,自來
就無海

後記

2013 年 6 月初,猶佇日本留學的時,為著敗血症入院 2 禮拜。

親像一欉
猶咧大的樹仔

親像一欉猶咧大的樹仔
面頂起一間厝
厝,翻了閣再翻
佳哉樹仔攏無hông剉掉

總是,本來愛是樹頭的
煞變成做歪tshuàh的樹椏
原底是樹椏的,沓沓結實焦肘[1]
變成做樹頭

變成做樹椏的,佇風中搖搖擺擺
浮輕的身軀,隨時會折去
Kah是無法度重頭生

變成做樹頭的

按怎無欲閣較疼惜共塗跤讓予你

瘸跤瘸手也著佮你共生的樹椏？

毋通掠準有法度往往徛在

恁是一欉猶咧大的樹仔

毋是兩欉，是一欉

敢毋知？

厝主，隨時會換人啊！

後記

2020.09.27，佇台大研討會發表論文了後。

註釋

1　焦肘：ta-tiú，大人款，老成。

湧陵[1] 的詩

1. 稻穗

拍獵的民族,自彼時就改食白米
春風,共翠青的草埔鬥妝姯
金爍爍的真珠紩密密
鋪排佇新世紀的洋服頂懸
綴日頭佮月娘,優雅閃光[2]

2. 海潮

歐米的思想直直湧入島嶼
半開的暗烏社會
無閒怨嘆熱人遐爾無情

溢來溢去的潮信³
用新派⁴的養份，侵thām⁵塗質

3. 大港

無法度自主、也無thang阻擋的湧勢
共濟濟海上的男兒收入海底
小島的志氣，一時仔漲大
一時仔煞閣㵐喙。據在大港風
吹入來。喉滇，也無人要意

4. 焦心⁶

予銃尾刀剾(liô)過的心肝窟仔
空喙一稜一稜，硞佇風化石跤
焦半世紀的記持，猶熱phok-phok
甘願閣hông暫一改，氣絲仔原在
也欲拚勢湧出來

5. 世代

總是有會得喘氣的時陣

廣場頂的肩胛,五花十色
思潮牽挽人潮,做伙湧陵
有湧鬃[7]那跳舞那咧恥笑
毋捌驚惶的湧騷[8]斷站過,也無欲停煞

6. 湧陵的詩

窒佇心肝穎仔內面的字句
重 huâinn-huâinn,實 (tsa̍t) thóng-thóng
擘腹,腹擘甲強欲裂開也無 thang 敨放
敢閣有氣力 thang 閣寫?
敢閣有人會想欲讀?
疊疊做規堆,熱人助伊發酵
臭酸佮臭賠味薰佇海墘、薰佇山野
只有料想,後一个季節交替的時
風猶會透,湧猶會來,陵猶會起
起起落落,伊會當轉換做芳氣
敆 (kap) 做一个平靜、和諧的復古

註釋

1. 湧陵：íng-niā，浪潮的洶湧起伏。
2. 閃光：siám-kng，反光。
3. 潮信：tiâu-sìn，潮水的漲退。
4. 新派：sin-phài，新穎、新奇。
5. 侵thām：tshim-thām，侵入家門、掠奪家產。
6. 焦心：tsiau-sim，煩躁、焦慮。
7. 湧鬚：íng-tshiu，浪花。
8. 湧騷：íng-so，大浪。

徙

我毋捌按呢想像生活
時間愈來愈袂停落來佮我相借問
雨來佮出日,寒人iáh是熱人
攏那行那倚

我毋敢按呢測度性命
偌長、偌厚、偌實(tsa̍t)
偌緊、偌燒、偌重、偌好
伊遐爾無形
遐爾thang予咱造作[1]

我
行來到生活佮性命的

一个生份的坎站
沓沓咧應伨² 這款姿勢
我……

佇台北教冊,佇台南愛情伴、疼囡仔
佇逐禮拜上北佮落南的列車往復中間
佇讀舊冊佮寫新字的思案來去中間
眠夢
眠夢一日比一日閣較媠的島嶼

後記

尾段是這一日寫佇面冊的自我紹介,其他是佇暗時的捷運面頂佮浴間內面補的。Iáh 其實,有咧看面冊、寫面冊的少年囡仔愈來愈少 ah。這幾逝,就共算是家己這个成做末代的面冊族群的記念。毋管佗一款平台,游標若徙振動,又閣是一頁新。面冊看會著過往,未來嘛隨時佇目瞤前,親像我直直咧「徙」。我的「徙」,猶閣佇應伨的中間。

註釋

1 造作:tsō-tsok,形塑。
2 應伨:ìng-thīn,相應合、適應。

心湧,三首

(一)

甘願你佇水邊,
毋捌行倚;
甘願你起落的心湧,
無閣遷徙。

海,對彼爿溢來,
反起反倒;無聲
恬恬予三个人
著磨[1]、tsē-kuà。

(二)

海,對彼爿溢來,
無閣反起反倒
你的跤步沓沓定著
綴漂浪的船仔拋碇 [2]

拄著仔猶會做風颱
總是,海波 [3] 溢做
規律的早滇 [4],勻聊仔
也綴會著 [5] 情歌的嘹拍 [6]

(三)

著磨佮愛,起造熱島效應
風颱無啥會閣來,干焦
四季如春的毛毛仔雨
合時潤澤 [7] 大地

半老的生活,恬滇 [8] 白泙 [9],
罕得一時你問講,敢欲去看海
胸坎若像無閣有滇流 [10],才知
咱泅佇已經坐清 [11] 落來的心湧內面

後記

心湧（一），發表佇《海翁台語文學》第 79 期，2008.07。
為著延續情詩的心境，2023 年年初接紲寫（二）、（三）。
大湧、小湧、恬靜的湧，攏佇幸福的路程。

註 釋

1　著磨：tio̍h-buâ，折騰。
2　拋碇：pha-tiānn，拋錨泊定。
3　海波：hái-pho，海浪的泡沫。
4　早滇：tsá-tīnn，早潮。
5　綴會著：tuè-ê-tio̍h，跟得上。
6　嘹拍：liâu-phah，節拍、節奏。
7　潤澤：lūn-tik，光澤、豔麗、滋潤。潤澤兩字，也在長男與次男的名字裡。
8　恬滇：tiām-tīnn，滿潮時平靜的水面。
9　白泔：pe̍h-tsiánn，味道平淡，平凡。
10　滇流：tiānn-lâu，漲潮。
11　坐清：tsē-tshing，溶質沉澱，液體變得清澈。

台南車頭
彼蕊烏水烙[1] 的花

彼當陣,伊猶真大箍 pé
跤踵甲徙袂振動
銅像仝款,逐工曝日
干焦 thìng 候天暗

城市愈行愈緊
車頭出口前的彼條(liâu)長石椅
做伊的眠床,若像
也拄好 thang 包容伊的一生

烏水烙的花無清芳,干焦有 hiàn
規身軀 hiàn,佳哉有臭酸的飯包做伴
日影共所有的味濫濫做伙

風透,就散颰颰,無人驚
廣場無崁蓋,拄著仔雨若來
烏水烙的花就無看見影,毋知
敢嘛想欲食燒hut-hut的滷麵²
iah是志工有來共鬥徙檨³?

廣場無崁蓋,日頭赤焱焱
揣人做問卷的聲響上天
歇睏日等待仝鄉--ê的移工
歡喜坐倚,唸歌彈gì-tà
大箍pé的身軀,總是坦敧
干焦彼支面較烏焦瘦
無頭神,無人tsùn-būn
蔫蔫去的花檨

等待戀人的少年仔
相招遊街的迌迌伴
四箍輾轉聚集的,攏是光彩
敢有淹過烏水烙的身苦病疼?

我常在佇暗暝回鄉,月光的車頭
一蕊烏水烙的花逐(tak)時開佇遐

替暫歇的台南光景，恬恬蔭色[4]。
會記得也捌略仔近看，花的喙
不時按呢 gap[5] 咧 gap 咧

火頭車出口的廣場無崁蓋
舊站古蹟 liâm-mī 改裝好勢
拄著仔，雨猶是 huah 落就落
烏水烙的花無看見影
足久攏無閣看見伊的影
敢是大雨沃沃咧，有較清彩[6]小可？

註釋

1　烏水烙：oo-tsuí-lo̍k，暗灰、薄墨色。
2　滷麵：ló o-mī，台南特有的傳統食物 (tsia̍h-mi̍h)。
3　徙欉：suá-tsâng，移植。此指幫忙移動。
4　蔭色：ìm-sik，映襯、襯托。
5　gap：像魚嘴一般地開合。
6　清彩：tshing-tshái，天氣晴朗、心情開朗。

卷四

戩花

Tíng-hue

向望

人講你是好漢　我就吼 ah
我甘願你　tann 是囡仔的老爸
老母佮囝兒的目神啊
是我永遠的疼

故鄉的風　無情　無情吹絞
故鄉的海　無情　無情湧陵

我 tann 是按呢直直向望
咱蹛佇故鄉
你落田　我煮飯

久長的寂寞我毋驚
無情的海風我也毋驚
知影你定著會佇的確的時倒轉來

後記
————

原詩是林雙不為著記念林義雄宅血案,以方素敏的名佇《八十年代》黨外雜誌發表的〈盼望〉。由呂美親改台語詞,吳易叡譜曲、演唱。

陷眠內的唱曲

我咧陷眠,hông 揀入去一場戰爭,
毀滅拄欲起造樂園的故事當咧發生。
暗摸摸的天色,生份的路燈,
歹銅舊錫、橫柴入灶的走路魔鬼;規陣。
直直欲掠散赤老實、無辜善良的枉死鬼;無閒。
一爿掠甲生狂痟症,沿路搶劫、直直開銃,
一爿驚甲走閃袂離,目屎血水嘛袂赴證明。

我毋是鬼,我毋是鬼。
干焦是無張無持跋入夢裡,看著這齣戲。
莫來掠我!莫來掠我!
揣無出口的烏樹林,日頭敢是早就落山?
我無欲佇遮!我無欲佇遮!

予我一線光鏳,予我一聲雞啼,
予我一个所在 thang 睨,予我一个時間趕緊精神。

我咧陷眠,hông 揀入去一場戰爭,
有人咧 huah 革命、有人自按呢死因不明。
規陣橫 pà-pà、栯 sà-sà,現 to 是 [1] 人形,
揀 [2] 甲肥肥 [3],改頭換面,佮算甲足精,
趁食了後,證據攏總抐掉。
遐的哀爸叫母的,昏迷不醒的,
一紀年過去,一甲子過去,就失去本性。

個欲去 tueh?個欲去 tueh?
遐的,毋驚死活、空手戽蝦,個欲去 tueh?
遐的,無留傢伙、查無身世,個欲去 tueh?
遐的,熱情像火、死目毋願瞌,個欲去 tueh?

我咧陷眠,hông 揀入去一場戰爭,
青盲孫烏白認祖公,逐个攏啉酒醉。
走狗賤民,隨時 thang 擲掉的迌迌物,
囂俳 tshio-tiô 的蛀蟲、吸血魔鬼,愈絞愈大陣。
上好共拆食落腹、上好攏看無路旁屍。
一爿揀(kiat)甲變做慣勢、軟塗深掘、歹款假死。

一片驚甲身軀麻痺,筋肉血路、臭濁⁴袂清。

我又閣咧陷眠
常在hông揀入去戰爭。
這暝,猶是攏鬼火
欲飛去tueh?欲飛去tueh?

欲飛去tueh?欲飛去tueh?
攑銃尾刀佮毒藥罐、逼人食罪的,欲飛去tueh?
弄家散宅、據在性命變臭變賤的,欲飛去tueh?
歪哥騙食、假仙假tak、講白賊面攏袂紅的,欲飛去tueh?

我已經袂記
我又閣陷眠
我毋敢袂記
我欲閣陷眠
驚惶揀袂走
也欲閣陷眠

後記

捌試過押韻的長詩,想欲做唸歌的歌詞,總是無滿意。囥 10 外冬才閣重改,嘛成做對心肝猶有彼款「熱」的記持的記念。

註釋

1　現 to 是:hiān to sī,明明是。
2　搩:kiat,吃掉、快速吞噬。
3　肥肥:huî-huî,吃得油膩膩。
4　臭濁:tshàu-lô,過度粉飾、陳腐老套。

心悶[1]

按怎憂悶，按怎毋睏；
無時無陣，清醒失魂。
毋知月光，毋知日長[2]；
無影無跡，枉費青春。

春雨袂煞，時間落霜；
半暝三更，一日準算。
熱熱愛情，親像火印[3]；
年那久月那深，猶是心悶。

想著彼个寒天咱歡喜約束做伴
彼个春天雷聲響袂煞

彼日又閣眠夢著你,
膽膽[4]行過來共阮相借問;
講日後花開的時陣若轉來,
敢閣有機會接紲緣份?

彼日又閣眠夢著你,
雄雄驚心[5]身軀直直顫;
講是無張無持,跋落坑崁,
揣無一个所在thang好伸。

彼日猶原眠夢著你,
一時煞毋知欲佗位騪;
茫茫渺渺,目空[6]烏荒[7],
掠準已經袂閣有天光。

後記

原底是一首投稿台語流行歌的歌詞,所以刁工押韻。記消失佇「大歷史」內面的愛情,佮〈落雨彼日〉的對話。無著等,就hênn 咧。10外冬後重改,也閣再認捌著,青春逐袂轉來。吳易叡譜曲、演唱。

註釋

1. 心悶：sim-būn，思念。
2. 月光、日長：gue̍h kng、ji̍t tn̂g。「月」、「日」讀原調，此喻黑夜白晝、時間漫長。
3. 火印：hué-ìn，烙印。
4. 膽膽：tám-tám，害怕、小心翼翼。
5. 驚心：kiann-sim，害怕、心生警戒。
6. 目空：ba̍k-khang，眼窩。
7. 烏荒：oo-hng，昏天暗地。

阿四

窗外是翠青的稻葉
綴熱人的風搖啊搖
我是新時代　元氣本島人
光明大前途　規頭殼好願望
實習一兩冬　就欲來開業
趕緊醫治咱　鄉親的歹俗慣
遐爾仔期待　回鄉來拍拚
欲佮故鄉的人　攏全心肝

毋過恁的痛苦啊　我攏無法度來解決
干焦是予恁　心內得著慰安啊
啊想袂到我只是一个　毋捌世事的讀冊人
想袂到我只是一个　毋捌三兩

足無腳數　足無卵葩
生雞卵的無　放雞屎的有　的　阿四仔

台跤熱情的阿姆阿伯
我是滿腹志望的少年家
為著逐家的幸福
咱心就愛搦做伙
我知影我講過　欲予你過較聳勢
我知影我講過　我知影我講過

毋過恁的痛苦　我攏無法度來解決
干焦是予恁　心內得著慰安
啊想袂到我只是一个　毋捌世事的讀冊人
啊想袂到我只是一个　毋捌三兩
足無腳數　足無卵葩
生雞卵的無　放雞屎的有　的　阿四仔

註
———
改編自賴和小說〈阿四〉。詩句順序由譜曲者陳南宏調整過。歌曲收佇賴和音樂專輯 II《自由花》，就無閣朗讀。

歸家（1）

負笈島都行入現代
故鄉變做遠遠所在
歇寒歇熱難得歸家
景緻無換予人驚惶

街巷搪著昔時遊伴
心內躊躇毋敢相倚
離鄉的時陣放外外
畢業轉厝煞凝心肝

抎干樂、放風吹
掠蟋蟀、抾田螺
小銅鑼、麥芽膏

肉粽秋、甘蔗平
雙膏潤、圓仔湯
豆花擔、鹹酸甜
祖廟口、求籤詩
流行病、講國語

鄉里也有可愛一面
敢是家己失去純真
較好思想也著隨境
才有勇氣才有路用

路途遙遠三五步到
無閣漂浪十字路口
所愛故鄉佇咧等我
跤步掠定熱情歸家

註

改編自賴和小說〈歸家〉。一逝八字的詩,有譜曲,總是後來收佇賴和音樂專輯 II《自由花》的歌曲是後一首的版本。佇遮,請聽朗讀音檔。

歸家（2）

來到島都　想欲行入新時代
故鄉變做　彼个遠遠的所在
逐年歇寒歇熱　罕得回鄉的我
景緻無變化　客氣的人家　凝我心肝

街巷搪著　較早的遊伴
躊躇的心　驚予人放揀　毋敢相倚
離鄉的時陣　心肝攏放外外
畢業轉厝　生份的土地，想著驚惶

扴干樂、放風吹
掠蟋蟀、抾田螺
小銅鑼、麥芽膏

肉粽秋、甘蔗平
雙膏潤、圓仔湯
豆花擔、鹹酸甜
祖廟口、求籤詩
流行病、講國語

鄉里也有　可愛的彼一面
敢是家己　已經失去純真
思想較好　也著順人心意
才有勇氣　才有份額　有路用

路途遙遠　三五步就會到
無閣漂浪　拋荒的十字路口
所愛的故鄉　堅心咧等我
跤步掠予定　熱情歸家

註
—
改編自賴和小說〈歸家〉。詩句順序佮部份語詞由譜曲者吳易叡調整過。歌曲收佇賴和音樂專輯II《自由花》，就無閣朗讀。

戲花

日光攏照袂入來
風罕得thang吹倚
自由的翼股　卡著塊埃
一隻袂記展翼的尾蝶仔

時勢已經無全
同志一場迷夢
花廳的歌聲　無thang敢放
紛紛的夜雨　猶有毋甘

寄予你的郵便
監牢最後的批
孤單的身軀　攏倚袂好勢

心肝已經佇窗外　颺颺飛

飛　去遠遠的夢中走揣
揣你開講　閣啉一杯
陪我去虹頂種一欉
堅強滋養的花
飛　去茫茫的夢中走揣
揣咱往過　陷眠講的話
話長講短　免閣解說
日後才閣掰會

日光照入來
迵過窗外的樹椏
佇遐　咱兩人相尋 (sio-siâm)
無分戥花

註

改編自賴和小說〈一个同志的批信〉，詩句順序佮部份語詞由譜曲者吳易叡調整過。歌曲收佇賴和音樂專輯II《自由花》，就無閣朗讀。

方言歌 2070

卷五

我揹著你，佇1980

Guá tñg-tio̍h lí, tī 1980.

流民的遺書

我若死 ah,請
按呢共我埋葬

佇一个無風無搖無日頭的好天時
先共我睏過的亭仔跤掃予清氣
紲共街仔的過路人攏請去別位

予我一領長衫
共我跤骨面皮的痕(khî)掩起來

予我一塊CD
共所有的孤獨趕離開

予我一蕊玫瑰
我的愛情早就蔫去

予我一个十箍銀角仔
伊是我上捷拄著的朋友

予我一粒糖仔
我無聽過教堂的鐘聲

佇你看著的彼片草埔好啦！
離市仔無蓋遠
六塊薄柴枋佮一柱香就會使

囥一面鏡佇我手裡
我欲共這世人的面容記予明

上尾，予我一甌燒茶
獻予上帝賜我這款恩典

我共人偷牽來的跤踏車
嘛請替我共，牽去還。

風中的遺書

> 希望槍斃我的那一天，
> 能給我一個廣場讓我的腳伸直。
>
> ——黎子松

綴彼波滇流渡海來到，我在定仔登陸
這幾百年生份的孤島
古城伊怙一向攏全款的湧陵姿態
干戈抐起來相迎
東門城下遐的像棺木的石柱排列
掩護濟濟過河的兵卒

鉛墨總是會共花季海事冷落去
交託予猶原青春少女的你的主義

有我袂赴採錄的方言,參參差差
透濫的念唑佇闊談中隨就堅凍
佇你溢過來的一面澄清湖色
我躊躇的跤印猶無thang刻去佇南爿

共音符弓起來的手骨遮爾幼枝
袂得共鐵窗的拗蠻at斷
我頭殼內白色的腦髓,斑芝花開甲滇滇
這个社會煞無容允我的意識遐爾熱情
一蕊一蕊的火焰咧共我催
反骨的青春緊緊收起來
著共妥協的喘氣敨予佢[1]知

蓄音機[2]過去的燒烙
佗一日thang予人輕輕抾起
偷偷仔為你譜寫的春天
請毋通怨伊慢鈍飄搖的音級
是生冷猛強的風
直直肅靜我的愛情

註

————

一

黎子松，廣東人，1947 年來到台灣擔任新竹縣立中學教員，1949 年成立「社會主義青年大同盟讀書會」。1950 年因為政治案件受判死刑。佇獄中，以別號「陸肅」譜出〈南方的木棉花〉一曲成做「告白」。黃竹櫻佮傅如芝是讀冊會的成員，當時分別為新竹師範學校學生和新竹女中學生。讀著黎子松的故事（《風中的哭泣——五〇年代新竹政治案件》）佮歌曲〈南方的木棉花〉，就想欲替伊寫一張情批予伊抑是伊。

2024 年補記

————

2005 年，猶有「部落格」的時代，我共這首歌佮一篇文章囥佇網路。無偌久收著來自中國廣東的批，講是黎子松的孫。伊講阿公離開的時，三個囝仔猶細漢，捌寄三張批轉去廣東，講真緊就會轉去，毋過阿媽一直等伊等到過身攏無等著。閣講，木棉花其實是廣東省東莞市的市花。我也共這段故事寫做文章〈木棉花又開了：連結一則斷裂自五〇年代的家族史〉，刊佇《台灣公論報》（2006.10.06,13）。另外，有寄《風中的哭泣——五〇年代新竹政治案件》去予黎子松的孫，總是伊一直攏無收著。

註釋

————

1　個：in，他們；錄音檔讀做「恁」（lín，你們）。兩者意義不同，留給讀者一些吟味空間。
2　蓄音機：thiok-im-ki，日語借詞（ちくおんき），留聲機。

予 1947 的戀人

我閣較是會怨妒彼冬的春天,空氣內面有涼冷的臭臊味。我想像你面裡攏猶是燒烙的笑,是對你的家後彼款也慢也緊也驚也惵(sīm)的焦燥聲嗽中寬寬仔嘆出來,寬寬仔,煞也閣直直堅凍佇另外一個國度的空氣內面。我總是按呢遠遠仔咧想起你,用一種若像走揣戀人氣味的模樣,冥想彼款形。

起因攏是文明城市無欲閣宣講你的故事,除去幾場姑不而將著愛轉去到樹林內的音樂會,用招魂儀式呼請你罩雺的名姓,潤澤的碘藥酒早就綴溫爛的體液焦無去,祭司共臭薟的芳水 hiù 甲規塗跤講欲彌補你的欠席。音符也捌想欲迒過曖昧的界線,佇烏暗暝閣再罩落來的時,我想講會當佇

彼寡無鹹無siam的悼語內面聽著你的味，總是，
恁遮的戀人啊，彼款原始的氣絲仔按怎我sian揣
to揣攏無。

自按呢，我伫你行踏過的街市走來踅去，用一款
搜揣戀人體溫的拑倚姿勢，好禮仔共家己的跤蹄
磕伫你干焦睹印象的跤跡面頂。臆看你逐不時憂
悶恬靜拄著仔精神飽滇，猶閣有時目頭抾襇有時
也會覗喙的形。佳哉伫彼逝舊巷搪著你已經有歲
的家後，叫我替伊翻譯遐的你上明瞭的逐句逐字，
袂輸念拶的話裡我上會記得伊講你離開的彼下晡
日頭赤焱焱你也攏無顧性命，講伊無暝無日攏想
欲放家放囡綴你去。

逐只反黃總是少年飄撇的你的形影，攏若像是
欲共一個新時代搝破了後失去靈魂的身軀（hun-
su），挾伫相框內面的你的表情剉忍，想欲掩崁暗
淡卡膜的空喙是遐爾疼，袂輸若按呢繼續維持記
持，上無伊加減得著安慰，啊收藏時間的柴櫥所
囥的攏是彼寡袂得thang安搭的遺物，只要伊的
白頭鬃猶沓沓仔會閣發，目睭仁猶閣是按呢痴心
向望。你虧心做你去，徛伫某一个干焦會當相閃

方言歌 2070

身的時空，干焦聽，攏無講，嘛袂應。

彼年春天 lò-lò 長，你 la-jí-oh 的演歌自動停止放送，開始收聽神祕閣生份你也真 tsiânn 期待的音節。你佇彼幾个帶久風濕無 thang 復健的日夜，也捌追隨莫名主義成做關係信仰的自我辯證，也捌遐爾無為咧掘塗做稻灌溉你的囝仔，也捌落軟去共前朝的空喙好禮仔退癀糊藥，捌留落情批宣誓你的意志也那向你的留戀告別，捌按呢甘願到甲你的家後目睭瞌落進前攏親像眠夢全款無影無跡無閣轉來。

你虧心做你去，猶原是徛佇某一個干焦會當相閃身的時空，干焦聽，攏無講，嘛袂應。就算我已經學會曉煉出佮彼陣完全相 siāng 的氣味，煞也無欲告別對你的戀慕是摻濫熱熱的矛盾佮雜款的發酵就親像你也無告別所對我的。就干焦為著你是 1947 遐的戀人的化身，倒囥佇酒杯底的茫茫內面，投射一線號做是愛的光鋩佇你彼个猶是燒烙仔咧笑總是已經皺痕滄桑的面裡，一直到你白蔥蔥的頭鬃繼續漆白，一直到我無閣怨妒彼冬的春天。

我搪著你,佇 1980

彼時,我當咧佮昭和決鬥,用一款喙舌拍結、變(pìnn)袂伸捗的姿勢。才拄欲屈服煞閣雄雄精神意識著咧躊躇按怎佮伊交涉的時,伊煞講欲即時退軍離開戰場,濟濟擺的捤盤我已經無感覺著規身軀全全傷。啊你就按呢從入來,踏彼款話頭:啥物攏無重要!

轉去到 1980 的寒人,我重頭生、重學話,繼續爬佇猶閣著謹慎細膩的人間。你佇足濟擺輪迴了後閣再一遍轉世來到這塊島嶼,準是幼齒猶未總換干焦會當開喙喉叫,煞是早就共為著欲開設新戰場的講題擬好勢。是講你欲佮啥物人閣做伙吼佫久?後來繼續來,你講你已經袂閣流目屎。彼當

陣的後來你決定共哭聲擋定，幾若個熱天過去，你成做一个胸坎熱性的少年，一話一句應甲目神劍劍，tann問講天哪會猶遐暗？講你欲共頭殼底滾絞的岩漿掰掰出來。

沒有人能佔領這塊火山和湖泊的身體，這個多種族的混合，這個充滿矛盾的歷史；這些人民、玉蜀黍的愛人，在月光下的慶典；擁有歌聲和彩色編織的民族。無論她或我，都不會毫無目的地死。我們又回到土地，從那裡我們將重生。在新的時代中，我們要在空中結滿鮮肥的果實。--Gioconda Belli "The Inhabited Woman"（《百年心魂》）

自按呢你小轉身行入死巷揹定的性命光景，共狹櫼櫼的血筋路弓開，親像咧咒誓彼款共你所備辦的樹林註解佇小說內面的詩句邊仔。你定定講起毋免閣聽遐濟故事，煞是不時感嘆理想猶未完成的oo-lí-sáng彼款過謙的話語，也常在想起彼寡決意以死求生用浪漫去跋性命的政治犯，個頭鬃喙鬚白蔥蔥，一枝一絲攏咧共你原初閣單純的信仰扶予齊整，總是個必叉閣斷絕無法度共救贖的線索揬絚，就按呢共你想欲重新起造的未來圖拆

甲碎糊糊。

你用憤怒共個所留落來的彼寡力頭猶遐爾飽的梢聲抾起來,輕輕仔安搭個鬱悶自愧的面容,一直到遐的老皮骨一身仔一身攏生蟲,你猶是堅持為著個共尊嚴顧牢牢就親像你所欲予家己的備辦。你提哲學成做養份來釘根煞也誤解性命。紲共你的誤解史佮島嶼文脈化的運動敨敨做一伙,血路順續(sūn-sio̍k)總是過頭掣流致使體質燥性,你欲共予人燒死的熱情閣點著,共火渿到茫茫的大海,用燒滾滾的海水共濟濟島人睏tsīnn的頭殼佮身魂攏沃予精神。

陰鬱夜暗,徘徊淒冷海岸,走揣渺茫夢中的人,伊的面目按怎遐爾沉重,輕聲喚阮的名。幻變之間來到無邊大海,雲霧中人影隱隱流著目屎,風沙陣陣吹起聲聲無奈,看無我族的將來。快步行入雲霧牽伊的手,越頭凝視目神遐爾憂愁,蔥白的面色焦瘦的身軀,等待時機毋堪回首。——閃靈Freddy〈海息〉[1]

已經毋是聖戰時節,無法度予你死甲遐爾聳勢飄撇。(你干焦會得想像有一葩火著佇目睭前iah是

172　　　　　　　　　　　　　　　　　　　　方言歌2070

你行向彼个闊莽莽的無邊；拄著仔你無顧人的交仗，佇夢裡躊躇講，「咱的人啊，趕緊離開！離開咱痟貪的邦國、咱熱熱的愛情、輕浮的羞辱佮錯認的記持。」紲落痟狂痴戀彼樣繼續搜揣，予意識入去到上底層的深坑，不斷經歷著身魂剝開直到碎骨離身。）干焦會當遠遠浸佇無 thang 結束無 thang 歸倚的等待，用一款鐵骨煞狼狼的懶屍姿態。

彼是 1980 了後的某一个寒人，我搪著你。親像佇活躘躘的一幅畫內面雄雄搪著你，幔一領比我較厚色的皮衫掩崁彼个家己，也毋是人所追求抑是剛洗的彼款文青，煞不時會記得前代飄撇總是袂得完成的革命，共彼个無屬佇咱的時空閣有愈濟也活若死念挐袂煞的家己揹規世人。1979、1980、1981……，我自按呢一年一年共你算，算到咱總算相疊的年代，袂輸會得 thang 目睭仔就躼過一个死鬼直直哀叫煞也無予伊沐著半滴血的世紀。

天色漸漸暗落來，烏雲你是按佗來？這个熱天的下晡，煞來落著一陣的毛毛仔雨。踏著恬恬的街路，雨哪會變做遮爾粗？雨水拍佇布篷頂，看戲的阿伯仔煞攏走無。下晡的陳三五娘，看戲的人

攏無,看戲的人攏無。鑼鼓聲,聲聲咧慶團圓,台跤無一聲好,台頂是攏全雨。——陳明章〈下午的一齣戲〉②

若親像佇夢裡,我搪著你。搪著島嶼內面一場關係暗夜中一陣風颱雨落佇洘塗的愛情神話,你我是有魂無體毋過唯一少年也隨人孤獨閣毋捌離開的戲柱。角色攏予屈守百年的島魂寄生,所有的語言圖樣、壓制抵抗、惹聲憤怒、柔軟屈勢,干焦會當綴彼寡變黃變調的歌仔冊佮戲棚頂無力的人物做伙共戲thénn咧,據在伊規个予雨淋甲澹糊糊;樂師一个一个成做過去的紅目達仔,弦鈑無閣開聲琴鑼無閣響亮。啊看戲的庄仔人早就佇彼个副風的下晡無魂有體親像稻草人。

魔幻寫實的戲齣無閣搬演,天雄雄光phiāng-phiāng,我共愛睏的目睭接精神,猶未智覺著家己的面目齊換,咧排練後一場抾祖公字紙兼佮鄉愁揬跋反(píng)的眠夢。猶會記得煞鼓前的對白伴奏佇片尾曲中間,天色全款暗淡,火焰岩漿滾絞心墩的振動猶咧噗噗tsháinn,我無驚惶嘛無啥要意只是拄拄咧揣彼个檢采號做出口的所在,

啊你傱入來，替我共早出世的心肝焐燒，嘛替你的快熟退凍，哪會閣是遐爾自慢自恃咧共我huah講：啥物，攏遐爾重要！

後 記

寫佇 1980 年出世的 C，佮伊的對話不時予時空顛倒爿，關係彼寡故事，攏是無 thang 完成的遺憾。

歌曲註 ①〈海息〉

歌名 OT：海息 Breath of Ocean (100%)
作詞：林昶佐 Freedy
作曲：林昶佐 Freedy
OP、SP：衝組創玩有限公司
演唱人：閃靈 CHTHONIC
ⓟ閃靈樂團

歌曲註 ②〈下午的一齣戲〉

歌名 OT：下午的一齣戲 (100%)
作詞：陳明瑜
作曲：陳明章
OP：豐華音樂經紀股份有限公司 / 陳明章音樂工作有限公司
SP：豐華音樂經紀股份有限公司
演唱人：陳明章
ⓟ陳明章音樂工作有限公司

錯認的集體無意識
寫予捌停時的戰爭期

憑據一个無實到極的傳說,煞來想像你的身世。無暝無日咧思案起筆,彼个猶是無性徵、無四肢、無文脈、無面腔的你。

有一身咧走傱的形影,就干焦是直直咧傱。對樹林走向平野,才閣按平野傱對城郊外,又閣對城郊外走去到都市,總算忝ah,傱入彼間絕代風華的喫茶店。點一碗家己的血,乾杯。尾仔,走傱的過程墘入現代性,欲共攝影總是無得著允准。

上無猶賭寡破相的語言,點醒你是彼款匪徒,禿頭運動。故事to猶無真正起鼓,講古先煞變甲無喙無舌,連鞭仔講你密入國[1]、雄雄閣想著愛去告

訴；管伊皇帝啥人、也免講庶民幾款；也若有力、閣若無力；廣告料收袂齊、新聞紙袂赴印製；事件彼陣是暗暝、連日時也變烏陰；講的齊齊空話，著閣假影有神明聖誕千秋欲扮仙鬧熱，thang 予鑼鼓響上天繼續繁華歌聲遐爾太平。

寒流來踏，目瞤仁佮規个面顧仔攏挾佇殺戮的中間，傳說干焦賭天氣爾爾。

獨獨是聽著彼條歌捌共你的驚惶轉做激動，猶閣有你對高砂來的同僚，棄捒赤跤的文明，為著改寫志願書的履歷，軍靴縛咧，原底抱願成做醜之御楯，恁予熱血直直燒滾滾，為著燃出另外一篷閣較勇敢的恁。紲來，你聽佛陀的話，出世佇離舊厝無遠的庄頭。

疊翁婿字姓的你是別人兜的新婦，彼个社會無 Woolf，你轉錯意念了後想著欲反擊煞予人指指揠揠詈罵敗德，跳入到社會新聞了後名聲齊開，大大粒的攝影燈炤出你遮爾婿的面，良人早就毋是良人。 遐的舊同僚攏是查埔，隨个仔變做啞口無步。

卷五 | 我揣著你，佇 1980　　177

個咧做出聲的練習，啞口inn-inn-ann-ann，我是，你是。Inn-inn-ann-ann，啞口咧講，我是，你是。經過初賽複賽攏有過關，逐家相爭喉叫唱歌。毋過評判臭耳，結局是有人有份逐个攏著獎。

我也佇半暝三點耳空重去，掀看你累世的遺照，掠準家己飛去到每一个你捌迒過死線的所在，背景音樂按怎猶是彼條歌，壯麗的你成做永活，檢采是彼个你的我，當咧鼻味確證你的記持。到尾，你才明瞭性徵、生出四肢、清楚文脈、顯明面腔，總是，煞猶無名字。

後記

彼工咧讀周婉窈論文集《海行兮的年代》其中的〈美與死：日本領臺末期的戰爭語言〉，激動佮感動滇滇。想著頂日仔讀著中時副刊連載「外省人家書」，會得理解，總是也因為家己的血脈內面獨獨欠「外省」這項，煞也捌為著紀錄片內面迒的攑國旗的老兵寫寡記念、也為著佇1950年代來台灣組讀書會煞受正法的廣東靈魂寫詩，彼時透過網路無意中予伊的孫仔看著阿公的的消息……。所連接的攏是遐爾濟層遐爾濫摻的故事。關係記持按怎算、按怎算數，我干焦是潦草一篇。

註

〈海行かば〉,日本戰爭期的創作,是廣義的「軍歌」,歌詞取對《萬葉集》,時局內逐人會曉唱,thang 講是第二國歌。彼陣的台灣人當然也唱,成做時代的鎮魂曲。歌詞:「海行かば 水漬く屍;山行かば 草生す屍;大君の 辺にこそ死なめ;顧みは　せじ。」周婉窈教授譯做:「海行兮　水漬;山行兮　草掩;但得死在大君身旁　永不顧反。」今譯做白話:「若是往海,願做浸水之屍;若是向山,願是生草之屍;假使 thang 死佇天皇身邊;我也絕無怨感。」)

註釋

1　密入國:bit-jip-kok,日語借詞(みつにゅうこく),偷渡。

時代的大樹
寫佇二二八事件 60 週年

一場無值得期待的春雨落來,
一寡無遐爾迷人的故事漖開;
目屎佮紅血相紲流傳佇島上,
一个失語失聲、失智失溫的年代。
田園不安,玉蘭花失去忠實;
厝宅驚惶,燈仔花火化餕志。

時代的大樹,佇飄搖的氣氛內發芽,
釘根佇發癀發燒的悲傷之島。
一尺一寸,攏有受損蕩的菁英庇佑,
日日夜夜,慰安著疏開遮暗的體質;
生出新葉,補完缺角,
成做用儼硬[1]佮韌性灌溉的史冊。

有公義的光透入來,叫醒疼惜的勇氣;
有和平的風吹過來,堅實土地的意志。
退色的歷史還原,失踪的跤跡顯明;
堅凍的笑容溶開,絕望的破碎離枝。
捌予個肅清的勇敢聖靈啊,
著綴受封鎖的青草發穎澄清,
佮徛起佇島上每一欉,維持文脈
固守花心,自信芬芳的百合,徛倚、做伴。

註釋

1　儼硬:giám-ngē,堅毅。

砂漠[1]，話劇
讀王育德[2]

你一个人，tuì 夢中行向，砂漠
彼是喙舌上毋願擋恬的所在，焦涸涸的味蕾
只要是水，啥物攏嗲會落，啥物攏軟會去
就算毋是母親的奶水，就算是搵海鹽，就算是
予對敵一刀一刀劃(liô)過，湁湁津
閣掠準是綠洲的，親族的鮮血

毋但是過渡期，彼齣春戲[3]嘛拖棚無欲煞場
斬斷青年之路，你著一世人鄉愁[4]卡規身軀
孤一个，恬恬入夢，倒轉去
彼个幾若款白色人幾若款黃色人攏行過的砂漠
雙手空空，孤一个共疊甲密䆀䆀的黃沙掰開
連帶芳味規个埋佇風化層的刺 phè，共你鑿甲血 sai-sai

總是，也著按呢，嘛干焦你會得去體感著
彼寡捌留佇味蕾的，強強欲消無去的燒烙

你捌一个人去到，砂漠
彼个予人tshńg甲一塊幼仔都無賰的，故鄉的搖籃
搖籃破破漚漚，拄著仔才會落的甘霖，生食都無夠按怎曝乾
喙舌早就有硞硞，毋才你著剝家己的皮去曝
才閣𢲸體內賰無偌濟的母親的奶水，焐澹
總算鬥出人工味蕾，對舌尾沓沓重建
都發猶未完全，你就趕緊欲
共收集來的、早就消無的味，訂製做冊
佇異鄉咧散賣、推銷。總是
遐的味早就予彼寡過路客的汗黕甲臭去，砂漠
猶原干焦是砂漠，無人有慾望欲去踏跤到

你用身軀去研(gíng)出來的味，恬恬咧念挲
干焦孤一个，你孤一个，炕欲半世紀
遐的半暝三更才復原的味，總算才沊轉來到砂漠
伊佮睏tsīnn佇塗跤底的芳味相盪
一寡拄寶惜舊的人，佇胎動的砂漠內底予你的氣味穢[5]著
試欲共個勻聊仔掘起來，煉做養飼靈魂的仙丹
　（像我是後知後覺，幾十冬後，才綴咧

探入已經成做風化層裡的聲響,才閣綴彼个聲響的回聲
Tuì 砂漠迒過海洋,來到成做你故鄉的異鄉
綴你入夢,重新去看你孤獨的身影,以及
你留落的幼𣍐劇本,閣有砂漠
頭前的蜃樓幻影所顯明的短劇,咧搬演故鄉)

啊你,結局是無閣倒轉去到彼个熱過頭的砂漠
準講也毋免閣遐捷對夢裡孤一个行去
砂漠的暗夜 siunn 長,風飛沙猶是痟狂 phōng-phōng 塊
過路客佮驚熱的人,汗水繼續咧涵涵津
總是硬化的舌尾開始振動,一塊一塊
佮你的舊劇本共鳴,一句一句
讀出你編織的氣味,重新話出閣較新的劇
佇無幻影的綠洲,佇開花的仙人掌邊
佇你等待足久的,新生之朝[6]。

註釋

1 王育德（1924.01.30-1985.09.09）次女近藤明理在復刻版《王育德の台湾語講座》（東京：東方書店，2012.07，頁 iii）的〈序文〉中，曾引王育德未發表之遺稿〈台湾語の研究〉一節：「台湾語の研究は、その成果が台湾語の墓碑銘になろうと、頌德碑になろうと、わたしがやる以外の人がない。台湾には台湾語をよく知り、関心をもつ人が少なくないが、台湾語を学問的に研究できる環境でない。わたしが知っている砂漠のような環境は、ますますひどくなりこそすれ、改善させることはない。」中譯即：「台灣話的研究，就算其成果成為台灣話的墓誌銘，或成為頌德碑，除了我之外，也沒有人要做了。在台灣，很了解或關心台灣話的人不少，卻不是從事台灣話學術性的研究的環境。這我所知如砂漠一般的環境，只會更加惡化，而不可能改善了。」因此，題目的「砂漠」取自此文的日語漢字。

2 生於台南的王育德，於戰前赴日就讀東京大學，戰後中斷學籍返台，戰後初期曾任教於台南一中，因其兄王育霖在二二八事件中遇難而流亡日本，並繼續東大的課程，成為台灣首位以研究台語取得博士學位之人。1957 年為自費出版《台灣語常用語彙》而賣掉房子，而後也出版台語研究相關書籍多部；1960 年於東京創辦《台灣青年》雜誌，從事台獨運動，特別注重語言文化的紮根。1985 年因心肌梗塞歿於東京，自流亡至逝世，未曾回台。

3 〈過渡期〉（過渡期，《翔風》，1942）與〈春の戲れ〉（春戲，《中華日報》，1946），皆為王育德日語小說題名。

4 〈青年之路〉與〈鄉愁〉，皆為王育德於 1946 年 12 月在台南延平戲院演出之劇作。

5 穢：uè，傳染。

6 王育德流亡日本前，曾任教於台南一中，在校內推動台語話劇。1945 年，王即與黃崑彬組織「戲曲研究會」，同年 9 月演出話劇〈幻影〉及〈鄉愁〉，較台北的簡國賢及宋非我組織的「聖演劇研究會」之〈壁〉與〈羅漢赴會〉更早。〈新生之朝〉為王育德首部劇本之題，1945 年 10 月於宮古座（延平戲院）公演。

薰煙
記念林冠華

你佇你的房間,燃火,起薰煙
佇彼間你愛讀的冊囥甲滇滇
閣tshāi幾張佮親密愛人的相的房間內
揤揀所有,點著(tȯh)白色的薰煙。
為著欲共外口遐的閣厚閣有的薰煙siânn入來
一个人,觸纏。準會當予外口小可清氣

你只是一个囡仔。大人攏按呢講
你是一个帶身命的囡仔,病症傷重(siong-tiōng),早就
耍過幾落擺薰煙,這馬是綴遐的暴徒烏白舞
暴徒?遐的大人自來上驚
像你這款無黨無派、無銃無刀
用身軀直透向佮辛苦輂(khōng)起來的病灶拚入去

的暴徒。毋才，拄著你雄雄起著的薰煙
干焦會曉仝款的漚步加添幾筆病歷
掠準會得小事化無

檢采，你只是一個囡仔。總是你知影
捌有幾蕊干焦要意佇良善的靈魂
毋願予大人清采摒蕩，甘願起火薰家己
成做是焚而不毀的薰煙。確實也聚倚濟濟薰煙
擾亂暗暝。毋過干焦幾蕊，猶原孤單。因為。

因為。囡仔，你看見
島嶼的天頂猶是厚厚的烏煙罩牢牢
前世的幽靈散袂離，隨時閣吐出年久月深的臭味
拄著仔日頭光瘻過厚厚的雲栜，thang 予人略略仔喘氣
燃火的司公煞是閣快速共大大支的柴箍㩼㩼落去
○○○宗～○○○宗～……

正正是因為。囡仔，你看見
島嶼的地面也是烏煙薰甲滿滿是
無臭無潲按呢共人的精神縛做規大綑
內面的人濟濟掠準是嫷嫷的雲海
煞毋知偌濟囡仔險險仔袂喘氣

干焦你欲目睭擘金金,直直tsîn,直直tsîn
吾〇〇宗?吾〇〇宗?……

檢采,你只是一个囡仔
你嘛早就是心內起幾若擺薰煙
這改,彼个愈厚愈有共島嶼崁甲密密的烏煙
做一睏頭向你tshìng過來。為著天清
為著見日,你共心內的幾蕊薰煙點著
直透拵對彼抱共島嶼崁牢牢的千年烏煙
吾〇所宗?吾〇所宗?……

天頂的薰煙,地面的雾霧
愈來愈疼,愈來愈明

囡仔,準講你薄縭絲的薰煙
佮濟濟冬前彼幾蕊仝款,猶原孤單
總是殘存的薰烌,會成做淨化空氣的藥引
點著房間外愈濟青春到分、一蕊一蕊的火穎
共彼閣厚閣有一重過一重的烏煙燒予破糊糊

彼時,厚厚的雾霧會散開,天地閣較光
一線一線透入島嶼的白色光鋥

毋管大細，無論年歲。就算彼時
猶有幾个仔大人閣堅持欲講
你只是一个（○○的）囡仔

彼工，
你無聲無説就無去

彼工，你無聲無説就無去，請原諒我無thang親身佮你相尋(sio-siâm)惜別。

無人會當予你一場盛大的葬式，我也已經輪迴去成做另外一个高貴。檢采是烏人的後裔，烏金烏金無邪氣閃閃爍，嘛咧學彼个自細漢就小可生份、非族語的母語；凡勢是海洋彼爿頭的白色階級，規世人連佇夢裡都毋捌去看你。

總是你也留落濟濟沓沓滴滴，關係彼寡煮鹹煮洘(tsiánn)拚破鼎的代誌，猶是常在姑不而將著愛閃避閣著含糊參差(tsham-tshu)去提起的憢疑。閣賸淡薄仔無人理解的心事，鎖佇起造的時看起

來不答不七的話句字逝內面,閣總是著愛予愈濟的沓沓滴滴霸去,毋才著按呢掩崁佇歷史長河彼个焦涸涸的角勢。

彼工,你無聲無說就無去,我大概袂佮你有啥物心電感應,袂有任何意識thang講起、thang想像你,閣較毋知會當按怎去走揣你的跤印。我干焦會當佇這世人親像痟狂彼款形,直直咧講著你,共你遐爾風華奢颺總是無啥成樣的過去齊(tsiâu)搝搝出來;閣也欲共你今仔日按呢規个烏瘠爛粒,檢采連你家己to無欲挃、上好莫有人閣共提起,佇頂一世紀前半就予病菌觸纏、後半時病況行到末期的身軀,攏總展展出來。

啊我,若親像干焦會當按呢無鹹無淖共你看,也毋敢閣去「磕」你,驚你疼,驚你愈恐畏,驚你煩惱臭膿味濆(bùn)濆出來,予愈濟人趕緊閃離,到尾,共你廢棄。啊我,這馬嘛干焦會當按呢共你看,恬恬仔聽你無捨施閣摻小可歹味的喘氣,偷偷仔抾集文學家為著你書寫愈來愈短的彼寡文字,偷藏一寡個對你幻想式的婿氣,卻也播送你實存、活過的氣絲。

卷五 | 我揹著你,佇1980

我總是愛按呢斟酌細膩,心理準備不時愛掠在、無禁無忌共對你深深的思慕先寫好勢。準講干焦是佇靈魂長 lò-lò 的旅途中一節,無張無持有一世人成做佇苦境窘逐(khún-tiȯk)內面的你的其中一个夭壽的囡仔,按呢干焦是鼻你尻脊骿爛去的臭味,煞攏無力替你 píng 身洗清氣的彼个軟汫的囡仔。

彼工,你無聲無說就無去,我欲請你原諒我無 thang 佮你相尋惜別,也欲閣共你會失禮,我也捌用彼个共你傷害過的其中一項武器,無攬無拈袂輸咧共你咒讖仝款,共你祭辭。

卷六

木瓜

Bȯk-kue

木瓜

伊拒絕
像遐的悠悠[1]的阿媽，共衣裳[2]盡裼
便若著[3]曝日的時
攏是遐爾友善咧共浮雲相借問

伊無允准暗暝用閱兵的屈勢
輕輕仔掔捊[4]伊胸前的兩粒木瓜

50幾冬前，充滿青春的奶
予人當做是炤白光的省電火珠仔
穩觸[5]，耐用
日本軍人一个紲一个共插頭插咧
掠準是有khu-sióng[6]的玻璃，按怎搣[7]都袂破碎

房內毋捌點電火
暗淡的光線，對方啥人也毋知影
個冷笑、個痟狂、個爽快、個得著敨放
iàh 伊胸坎的白光，無法度共個的面炤予光
佇這个無地號名的暗間仔內
佇菲律賓島上
伊著愛用體內賰無偌濟的一屑仔光──
慰安　袂安　畏暗 [8]

個捔甲足雄　一湧淹過一湧
直直向一塊生份／恬靜 [9] 的土地霸過去
伊佇一隻船頂蹁 [10] 前顛後
檢采，家己就是一隻船
遐的兵仔排列做海湧
共伊揀離家鄉，愈揀愈遠
役場 [11] 強迫登陸／登錄伊的名
每一批對左營出發的船共伊載向
未知／慰諸 [12] 方向的航程

船經過越南的湄公河口
轟炸機的炸彈直直擎 [13] 落來

甲板雄雄破碎
伊看著另外一片的船身落沉
大粒猛[14]的重力硩佇伊的下身
伊沓沓欲袂喘氣
啥物浮木嘛搦袂牢
袂輸魚雷的海水灌入身軀
伊喙內霧出來的毋是話語，全全攏波

另外一隻船又閣欲起程
駛過巴士海峽
貨物落[15]了
伊的身份佮名姓予人重新變更／遍耕
一座森林
軍艦予規批兵仔落去
藏覕踮伊的地／蒂頭[16]
每一个暗暝，兵士直直爬入
押駐／壓住森林
除去無定著的銃火
宇宙中間，干焦有靈魂出竅／鞘[17]的聲說

50幾冬後
拋荒的大地，規塗跤木／墓瓜[18]散翻翻

伊成空／誠空 [19] 的龍骨無法度向落去 [20] 抾物
干焦看會著輾規塗跤的電火泡／炮仔 [21]
若像燈心早就烏焦的廢墜

四周圍的蟲豸聲
風琴佮口琴的軍歌
「敢猶佇菲律賓島上？」

譯詩後記

原詩是江文瑜（1961-）的華語詩，收佇江文瑜詩集《阿媽的料理》（台北：女書文化，2001.12）。詩人以「木瓜」來象徵慰安婦的乳，描寫個的受難過程、創傷佮心境。也以船、森林、電燈泡等，來比論個受日本軍人侮辱，紲變甲穢涗(uè-suè)、破碎、袂得療治好勢的身軀。台譯版也收佇 2022 年出版的奇異果版《高中台語》教科書的教師手冊。

註釋

1　悠悠：iu-iu，悠閒、自在。

2　衣裳：i-tsiûnn，衣褲。

3　著：tio̍h，得要、輪到。

4　挲捋：so-lua̍h，撫觸、撫摸。

5　穩觸：ún-tak，可靠、持久。

6　khu-sióng：日語借詞（クッション），具彈性的緩衝墊。

7　搣：tshik，上下用力搖晃。

8　原文為「慰安 未安 畏暗」，以不同音調的華語詞呈現不同心境；台文版僅改其中一字，讀為「uì-an, buē-an, uì-àm」。

9　原文為「陌生／默聲」，以華詞諧音詞呈現不同情境；台文版僅依原意翻譯，讀為「tshinn-hūn／tiām-tsīng」。

10　蹁：phîn，因暈眩、貧血、醉酒等因素而走路不穩。

11　役場：ik-tiûnn，日語借詞（やくば），地方公務員辦公處，公所。

12　原文為「未知／慰汁」，以華語諧音呈現不同的殘酷現實；台文版以譯為「未知／慰諸」，讀做「bī-ti／uì-ti」。

13　掔：khian，投擲。

14　大粒猛：tuā-lia̍p-mé，巨大且兇猛。

15　落：lo̍h，卸下。

16　原文為「地／蒂盤」：以華語諧音呈現差異情境，台文版保留原意而譯為「地／蒂頭」，僅讀音稍有不同：「tē／tì-thâu」。

17　此保留原文「出竅／鞘」之華語諧音表現，台文版讀做「tshut-khiàu／siàu」。

18　此保留原文「木／墓瓜」之華語諧音表現，台文版讀做「bo̍k／bōng-kue」。

19　原文為「受傷／瘦殤」，此保留部份原意並取台語諧音詞而譯做「成空／誠空」，前者為受傷、有傷口之意，後者為空虛、充滿空洞之意，皆讀做「tsiânn-khang」。

20　向落去：ànn--lo̍h-khì，彎腰向下。

21　原文為「燈泡／砲」，此保留部份原意而譯做「電火泡／炮仔」，前者為燈泡之意，後者以炮彈意涵引做槍林彈雨之境，讀做「tiān-hué pho̍k／phàu-á」。

絕命詩

紅雲開
拍殕光
我微微仔笑看
欲拆箬的天啊
請共我的身屍攬咧

原詩：
くれないの
雲あけゆくを
えまいみつ
あかときやみよ
わがかばねだけ

譯詩後記

原詩是白色恐怖受難者何川的遺書，也是一首日文短歌。有收佇林靜雯編，《遲來的愛：白色恐怖時期政治受難者遺書》（台北：台灣人權博物館，2014.12）。台譯版囥佇呂美親，〈天光前的戀歌—兼談現今台語詩的觀察〉（《文訊》441期，2022.07）文中。

附錄

創作佮發表時間一覽

主要按發表時間順序

卷一｜方言歌 2070

編號	詩名	定稿時間	發表紀錄	發表時間
01	Bâi-oo-lín 無譜——寫予簡吉	2014.08.11 定稿	2014 打狗鳳邑文學獎台語詩首獎得獎作品	2014 熱天
02	透風，百合——獻予敬愛的張炎憲教授	2014.10.04 初稿 2015.01.06 定稿	《台文通訊 BONG 報》第 248 期	2014.11
03	一桿同志無秤仔——聽見懶雲	2014.11.06 定稿	《臺江臺語文學》第 13 期	2015.03
04	引揚天——記高雄港的一个下晡	2015.11.14 定稿	《台文通訊 BONG 報》第 264 期	2016.03
05	樹空——《記憶と生きる》觀後	2016.08.01 初稿 2019.01.25 定稿	《海翁台語文學》第 207 期	2019.03
06	田野，倒轉來	2019.01.27 定稿	《海翁台語文學》第 208 期	2019.04
07	囡仔問我關係 Siā-huē Tsìng-gī 的問題——記台灣人歡喜日本通過安保法案	2015.09.23 定稿 2019.01.27 台譯	《海翁台語文學》第 210 期	2019.06
08	方言歌 2070	2019.06.30 初稿 2020.10.15 定稿	《台文通訊 BONG 報》第 321 期	2020.12
			楊佳嫻主編，《2021 臺北詩歌節詩選 靈魂重開機》，台北：台北市政府文化局，2021.09。	
09	下半身	2020.10.10 初稿 2023.02.01 定稿	《台文通訊 BONG 報》第 352 期	2023.07
10	和緯路四段速寫	2023.01.09 初稿 2023.02.01 定稿	《台文通訊 BONG 報》第 354 期	2023.09

11	「我爸爸也會講你們這種話」	2023.03.05 初稿 2023.03.13 定稿	《台文通訊 BONG 報》第 356 期	2023.11
			賴柔蒨主編，《2024 臺北詩歌節詩選 詩如何讀我》，台北：台北市政府文化局，2024.09。	
12	翠青的長尾山娘——寫予 2024 年台語詩選的修課學生	2024.05.31 定稿	《青春ê新古亭町》（台師大台文系 2024 年「台語詩選」課程作品集）	2024.06.03

卷二｜囡仔，想欲予恁愛

編號	詩名	定稿時間	發表紀錄	發表時間
01	囡仔，想欲予恁愛（01）：地圖	2020.06.11 初稿 2021.03.07 定稿	《海翁台語文學》第 232 期	2021.04
02	囡仔，想欲予恁愛（02）：時間	2020.06.19 初稿 2021.03.07 定稿	《海翁台語文學》第 232 期	2021.04
03	囡仔，想欲予恁愛（03）：日花	2020.06.22 初稿 2021.03.01 定稿	《海翁台語文學》第 232 期	2021.04
04	囡仔，想欲予恁愛（04）：鼓仔燈	2020.06.23 初稿 2021.03.08 定稿	《海翁台語文學》第 233 期	2021.05
05	囡仔，想欲予恁愛（05）：有時星光	2020.06.23 初稿 2021.03.08 定稿	《海翁台語文學》第 233 期	2021.05
06	囡仔，想欲予恁愛（06）：日誌紙	2020.06.23 初稿 2021.03.08 定稿	《海翁台語文學》第 233 期	2021.05
07	囡仔，想欲予恁愛（07）：金針花	2020.09.10 定稿	《海翁台語文學》第 239 期	2021.11
08	囡仔，想欲予恁愛（08）：戀慕	2020.06.23 初稿 2021.06.06 定稿	《海翁台語文學》第 240 期	2021.12

編號	詩名	定稿時間	發表紀錄	發表時間
09	囡仔,想欲予恁愛(09):行踐花	2020.06.30 初稿 2021.06.06 定稿	《海翁台語文學》第 241 期	2022.01
10	囡仔,想欲予恁愛(10):睏前禱詞十三逝	2020.07.01 初稿 2021.06.06 定稿	《海翁台語文學》第 242 期	2022.02
11	囡仔,想欲予恁愛(11):原宥	2020.07.20 初稿 2021.07.03 定稿	《海翁台語文學》第 243 期	2022.03
12	囡仔,想欲予恁愛(12):弟弟日時寄草	2020.07.01 初稿 2021.09.19 定稿	《海翁台語文學》第 244 期	2022.04
13	囡仔,想欲予恁愛(13):投	2022.05.03 初稿 2022.08.19 定稿	《海翁台語文學》第 255 期	2023.03
14	囡仔,想欲予恁愛(14):水扬仔	2021.11.08 初稿 2022.08.19 定稿	《海翁台語文學》第 256 期	2023.04
15	囡仔,想欲予恁愛(15):度針	2020.06.30 初稿 2022.12.17 定稿	《海翁台語文學》第 257 期	2023.05
16	囡仔,想欲予恁愛(16):有時媽媽	2022.08.19 初稿 2022.12.26 定稿	《海翁台語文學》第 258 期	2023.06
17	囡仔,想欲予恁愛(17):北極星	2022.12.26 初稿 2023.01.09 定稿	《海翁台語文學》第 261 期	2023.09
18	囡仔,想欲予恁愛(18):月光	2022.12.26 初稿 2023.01.09 定稿	《海翁台語文學》第 262 期	2023.10
19	囡仔,想欲予恁愛(19):大港寮的紅霞	2022.12.30 初稿 2023.07.21 定稿	《海翁台語文學》第 263 期	2023.11
20	囡仔,想欲予恁愛(20):做生日	2023.01.12 初稿 2023.07.21 定稿	《海翁台語文學》第 264 期	2023.12

卷三 | 徙

編號	詩名	定稿時間	發表紀錄	發表時間
01	祝婚詩	2015.09.20	佇日本朋友佐藤圭一先生的婚禮朗讀	2015.11.15

02	大理街速寫	2020.09.16 初稿 2020.10.12 定稿	《台文通訊 BONG 報》第 319 期	2020.10
03	廣州街速寫	2020.07.29 初稿 2020.07.31 定稿	《海翁台語文學》第 226 期	2020.10
04	病床想起	2016.03.20 修 2020.08.19 定稿	《海翁台語文學》第 226 期	2020.10
05	親像一欉猶咧大的樹仔	2020.09.28	《海翁台語文學》第 227 期	2020.11
06	湧陵的詩	2019.07.15 初稿 2020.07.14 定稿	《臺江臺語文學》第 36 期	2020.11
07	徙	2020.10.27	《海翁台語文學》第 228 期	2020.12
08	心湧，三首	2023.01.09 初稿 2023.01.13 定稿	《海翁台語文學》第 259 期	2023.07
09	台南車頭彼蕊烏水烙的花	2019.07.31 初稿 2023.07.22 定稿	《海翁台語文學》第 270 期	2024.06

卷四｜戩花

編號	詩名	定稿時間	發表紀錄	發表時間
01	向望	2014.04	改編自方素敏（林義雄妻，林雙不發表此詩時用的筆名）詩〈盼望〉；吳易叡譜曲。	
02	陷眠內的唱曲	2007.08.15 初稿 2023.01.10 定稿	無譜曲，《台文通訊 BONG 報》第 347 期	2023.02
03	心悶	2006.09.09 初稿 2023.01.10 定稿	《台文通訊 BONG 報》第 349 期，2023.04；2024.12.27 吳易叡譜曲。	
04	阿四	2022.07	改編自賴和小說〈阿四〉。陳南宏譜曲，賴和音樂專輯 II《自由花》，2024。詩句順序佮部份語詞由陳南宏調整過。	

05	歸家（1）	2023.01.22	改編自賴和小說〈歸家〉。頭版詩作，另有譜曲（非專輯版）。
06	歸家（2）	2023.05.07	改編自賴和小說〈歸家〉。吳易叡譜曲，賴和音樂專輯Ⅱ《自由花》，2024。詩句順序佮部份語詞由吳易叡調整過。
07	戲花	2023.07	改編自賴和小說〈一個同志的批信〉。吳易叡譜曲，賴和音樂專輯Ⅱ《自由花》，2024。詩句順序佮部份語詞由吳易叡調整過。

卷五｜我搪著你，佇 1980

編號	詩名	定稿時間	發表紀錄
01	流民的遺書	2001.11.08 定稿	華文版原發表於東海大學 BBS 電子佈告欄「大度山之戀」，獲選 2001 年耕莘網路詩創作獎銀筆獎。原題〈流民的遺書〉。收佇須文蔚主編，《詩次元：詩路 2001 網路詩選》，台北：河童，2022.09。2023.01.23 台譯。
02	風中的遺書	2004.04 初稿 2004.05.27 修	華文版原刊佇《台灣日報》副刊「台灣日日詩」，2004.11.18；原題〈風中的遺書〉。2023.10.16 台譯。
03	予 1947 的戀人	2006.01.19 初稿 2006.02.05 定稿	華文版刊佇《笠》第 253 期，2006.06；原題〈給 1947，戀人們〉。2023.10.25 台譯。
04	我搪著你，佇 1980	2006.04.05 初稿 2006.05.28 定稿	華文版刊佇台灣詩學《吹鼓吹論壇》第 3 號，2006.10；原題〈我遇見你，在一九八〇：給 C〉。2023 年 3 月台譯，也發表佇楊佳嫻主編，《2023 臺北詩歌節 詩選 詩生萬物》，台北：台北市政府文化局，2023.09。
05	錯認的集體無意識——寫予捌停時的戰爭期	2005.11.12 2006.04.19 修	華文版收佇外省台灣人協會編，《流離記憶：無法寄達的家書》，台北：印刻，2006.06。原題〈誤識的集體無意識：寫給曾停格的戰爭期〉。2023.10.25 台譯。

06	時代的大樹 ——寫佇 二二八事件 60週年	2007.01.30	華文版刊佇《笠》詩刊第258期，2007.04；原題〈時代的大樹〉。《春天開門・公義透光：二二八事件60週年全國巡迴「文化論壇」》題詩。2023.07.23台譯。
07	砂漠，話劇 ——讀王育德	2015.06.15定稿	2015年台南文學獎華語現代詩獎佳作。原題〈砂漠，話劇——讀王育德〉。2023.10.16.台譯。
08	薰煙——記念林冠華	2015.08.09 華語原作定稿	無發表。2023.07.22台譯。
09	彼工，你無聲無說就無去	2006.06.14定稿	原文刊佇《聯合文學》第272期，2007.06；原題〈那天，當妳無聲無息地死去〉。2023.07.13台譯。

卷六｜木瓜

編號	詩名	定稿時間	發表紀錄
01	木瓜	2021.02.04台譯	原詩是華文，收佇江文瑜詩集《阿媽的料理》，台北：女書文化，2001.12。台譯版也收佇奇異果版《高中台語》教科書的教師手冊（2022.08）。
02	絕命詩	2022.06台譯	原詩是日文，白色恐怖受難者何川的遺書。收佇林靜雯編，《遲來的愛：白色恐怖時期政治受難者遺書》，台北：台灣人權博物館，2014.12。台譯版也收佇呂美親〈天光前的戀歌——兼談現今台語詩的觀察〉，《文訊》441期，2022.07。

國家圖書館出版品預行編目 (CIP) 資料

方言歌 2070：呂美親台語有聲詩集 / 呂美親著 . --
初版 . -- 臺北市：前衛出版社，2025.2
208 面；15×21 公分 . -- (台語文學叢書；K152)

ISBN 978-626-7463-86-4（平裝）

863.51　　　　　　　　　113019596

方言歌2070　呂美親台語有聲詩集

作　　　者	呂美親
有聲唸讀	MC JJ、陳威志、陳厚潤、陳厚澤、呂美親
責任編輯	鄭清鴻
美術編輯	李偉涵
封面設計	朱　疋
錄音混音	王人頡
錄音助理	章魚、王柏諺
錄 音 室	鑠行音樂
音樂授權	火氣音樂 FIRE ON MUSIC
	閃靈樂團
	豐華音樂經紀股份有限公司
	陳明章音樂工作有限公司
	吳易叡
出 版 者	前衛出版社
	地址：104056 台北市中山區農安街 153 號 4 樓之 3
	電話：02-25865708 ｜傳真：02-25863758
	郵撥帳號：05625551
	購書・業務信箱：a4791@ms15.hinet.net
	投稿・代理信箱：avanguardbook@gmail.com
	官方網站：http://www.avanguard.com.tw
出版總監	林文欽
法律顧問	陽光百合律師事務所
總 經 銷	紅螞蟻圖書有限公司
	地址：114066 台北市內湖區舊宗路二段 121 巷 19 號
	電話：02-27953656 ｜傳真：02-27954100
出版補助	國｜藝｜會 NCAF
出版日期	2025 年 2 月初版一刷
定　　價	350 元
Ｉ Ｓ Ｂ Ｎ	978-626-7463-86-4（平裝）
Ｅ - Ｉ Ｓ Ｂ Ｎ	978-626-7463-83-3（PDF）
	978-626-7463-82-6（EPUB）

©Avanguard Publishing House 2025 Printed in Taiwan.

＊請上「前衛出版社」臉書專頁按讚，追蹤 IG，獲得更多書籍、活動資訊
https://www.facebook.com/AVANGUARDTaiwan